サバイバーズ・ギルト＆シェイム／もうひとつの地球の歩き方

鴻上尚史

Survivor's guilt & shame / How to walk on another Earth.
written by
KOKAMI Shoji

論創社

目次

サバイバーズ・ギルト&シェイム

ごあいさつ

僕は基本的に「起きたことはしょーがない。過去をくよくよ悔やまない」という生き方を目指してきたのですが、それでも、「ああ、あの時、こーしておけばよかった」と深く後悔していることが2つあります。

そのうちのひとつが、「初監督映画」を撮った時でした。

商業用の35ミリの映画を、僕は29歳の時に監督しました。

映画の技術的な知識が何もないままで、今から思えば無謀にもほどがあるという挑戦でした。

現在と違って、カメラとは別のモニターが（映画業界はビジコンと言っていましたが）ついてなく、カメラマンさんがどんな絵を撮っているのか、まったく分かりませんでした。

モニター、分かりますかね？　カメラで撮った絵がそのまま別の場所で見られる、つまりは小型のテレビです。

　よくハリウッドのメイキングでは、監督はモニターの前に座って、画面に映る映像を見ながら、「ＯＫ！」なんて叫んでます。

　今でこそ、日本映画もそれが普通になりましたが、僕が初監督した25年前は「画面はカメラマンが見る」という信念（？）があって、モニターをつけることを嫌がるカメラマンが多かったのです。結果として、監督はカメラマンが見ているであろう映像を想像するしかなくなります。

　初監督の時、カメラマンさんからいきなり、「監督、ここは30ミリですか50ミリですか？」と聞かれて、頭の中に台風が発生しました。

　なんのことか全く分からず、助監督におそるおそる聞くと、「レンズのミリ数」だと教えてくれました。

　カメラが趣味の人なら分かるでしょう。ミリ数によって映（写）る範囲が変わってくるのです。そんなこと、いきなり聞かれても分かるわけがないのです。でも、あの当時、日本映画界は厳しくて「そんなことが分からない奴は映画を撮るな」という空気が映画職人さんにはあったのです。

　で、まあ、ひいひい言いながら映画を撮り続けていくうちに、僕は「映画って、記録していくことなんだなあ。人生を記録していくって、なんだか、死の準備をしているようだなあ」と感じるようになりました。

演劇は、まさに今です。今日、あなたは劇場に来てくれて、今まさに起こる芝居を見ます。僕は毎日見ているので分かりますが、毎回、芝居の印象はずいぶん違います。出演者の片桐仁(かたぎりじん)さんのギャグがすべることもあるし、伊礼彼方(いれいかなた)がセリフをかむこともあります。

演劇は常に、今を生きることです。一瞬と対話するメディアです。

でも、映画は永遠と対話するメディアなんじゃないかと感じたのです。

人間にとって永遠とは、つまり、死のことで、映画は人間に「死ぬこと」を意識させるメディアなんじゃないかと思いました。

永遠に記録されることを意識しないまま、僕は初めての映画を撮り始めて、途中ではたと気付きました。一回撮った映像は修正できないのです。

演劇は違います。毎日、同じことを少しずつ稽古して、修正していきます。初日にうまくいかなかった所も、三日目にはできるようになることもあります。

けれど映画は、上映のたびに同じことを永遠に繰り返すのです。一度繰り返された失敗は、二度とやり直しができないのです。こんな当たり前のことが、演劇をやっていた僕には衝撃でした。

なんてやっかいなメディアなんだろうと僕は思いました。映画では失敗は許されない。記録されたミスは永遠に消えない。ものすごく厳しいメディアだと感じました。

演劇のやっかいな部分は、「昨日できていたことが、今日、できないかもしれない」ということです。これはこれで映画とは別の意味でやっかいなことです。今を生きるのが演劇なので、「昨日と同じことができない」ということも普通に起こってしまうのです。

逆に言えば、映画のメリットは、「うまくいったことが永遠に記録される」ということです。演劇のメリットは、「昨日ダメでも、今日、やりなおしてうまくいく」ということです。

演劇の演出家を30年以上も続けていると、いつのまにか、日常も同じように見がちになっていることに気付きました。失敗しても、無視されても、裏切られても、「次、うまくやろう」と無意識に考えてしまうのです。もちろん、「次」なんてないことの方が多いのに。

映画監督を30年以上続けたら、「とにかく、恥ずかしいものを残さないようにしよう」と思うのかもしれません。どっちがいいとか悪いとかの問題ではないのでしょう。

で、人生を後悔しながら生きないようにしようと思っているのに、「初監督映画」を撮った時は違ってました。

ああしとけばよかった、こうしとけばよかった、タイムマシンで戻って自分にアドバイスしたい、とくよくよするのです。初めて口にしますが、初監督映画は、死ぬまでに絶対リメイクしたいとずっと思っているのです。

「今を感じること」と「死を意識すること」は、ちゃんと生きるためには両方必要なことかもしれません。

この2つをバランスよく、リアルに感じ取れたら、素敵な人生になるのかもしれないと思っています。と書きながら、こんな生き方を目指そうとして、人生のハードルが上がって、後悔の多い人生になったら嫌だなとも思っているのです。

今日はどうもありがとう。ごゆっくりお楽しみ下さい。んじゃ。

鴻上尚史

登場人物

水島明宏（みずしまあきひろ）（21歳）　戦場から帰ってきた男。大学生。

青山夏希（あおやまなつき）（24歳）　明宏がいた大学の映画研究会の先輩。

水島義人（よしひと）（30歳）　明宏の兄。体が悪く徴兵検査に落ちた。

榎戸光典（えのきどみつのり）（38歳）　明宏がいた部隊の上官。

水島瞳子（とうこ）（52歳）　明宏の母親。

岩本雄司（いわもとゆうじ）（55歳）　瞳子の再婚相手。

町内会長（女性）（55歳）

その側近（男性）（43歳）

陸軍軍人（35歳）

＊実際の上演では、町内会長、側近、陸軍軍人はシルエットで現し、声だけで参加した。実際に登場してももちろん構わない。最小上演人数、６人。最大上演人数、９人である。

0　オープニング

カラオケの歌声が聞こえてくる。

（例えば、『またあえる日まで（by　ゆず）』）

同時に、戦場をさまよう水島明宏が浮かび上がる。

物憂げな顔の青山夏希が登場。

『ハッピー歌声広場』の法被を着て、カラオケのマイクで歌っている水島義人が登場。歌は彼の声だった。

食事の支度をしている水島瞳子。

自転車に乗って現れ、営業活動をする岩本雄司。

人探しの旅を続ける榎戸光典。

それぞれの登場人物が象徴的な動きを続ける。

オープニング・パフォーマンスのようなもの。

やがて、水島明宏だけが残される。

1　帰郷

玄関の前の道。
水島明宏は、陸軍戦闘服に普通の大きさのバッグ。

明宏　かあさーん！　ただいまー！　かあさーん！

返事がないので辺りをきょろきょろ。
と、農作業の格好の水島瞳子が、一輪の手押し車を押して現れる。
手押し車の上には、鍬と収穫のナスとキュウリ。

瞳子　……明宏？
明宏　母さん。
瞳子　明宏！　帰ってきたの！
明宏　うん。母さん、
瞳子　よく無事で！　いつまでいるの!?　どこもケガしてない？　何が食べたい？　あ、でも最近は、お寿司とかお肉とか、なかなか手に入らないんだよ。えっ？　ママの手料理なら、なんでもいい？　相変わらず明宏は優しいねえ。

明宏　母さん。僕ね、

瞳子　なんだい？

明宏　死んじゃったんだ。

瞳子　はい？

明宏　落ち着いて聞いてね。

瞳子　お前こそ、落ち着いて発言するんだよ。

明宏　僕ね、

瞳子　はいはい。

明宏　死んだんだ。

瞳子　もう一回、チャンスをあげるからね。落ち着いて言ってごらん。

明宏　同（おんな）じだよ。僕、死んじゃったんだ。

瞳子　……じゃあ、今、目の前にいるお前はなに？（ハッと）幽霊⁉

明宏　そうみたい。

　　瞳子、突然、明宏の頬をぴしゃりと叩く。

明宏　！（思わず声が出る）
瞳子　痛い？
明宏　……痛い。
瞳子　じゃあ、生きてるんじゃないの？
明宏　戦場でね、仲間の一人が左足を吹き飛ばされたんだ。だけど、野戦病院のベッドで左足が痛いってずっと言うの。左足はなくなってるのに、痛みを感じるの。
瞳子　ママ、それ知ってる。『ファントム・オブ・ジ・オペラ』ね。
明宏　違う。『ファントム・ペイン』。
瞳子　惜しい。
明宏　だから僕も、死んでるけど、生きてる時の記憶で痛いんだと思う。全身がファントム・ペインなんだ。
瞳子　そんな……。じゃあ、明宏は、幽霊になって帰ってきたのかい？
明宏　うん。
瞳子　ママに会いに？
明宏　うん。
瞳子　明宏。

瞳子、明宏を抱きしめる。

が、体をパンパンと叩いて、

瞳子　なんか、全然、固いんだけど。生きてる感、ビンビンだよ。
明宏　ひょっとしたら、僕、ゾンビ系の幽霊になったのかもしれない。
瞳子　ゾンビ系の幽霊？
明宏　僕も、最初、死んだことが信じられなくて、指、切ってみたの。そしたら、血が出たの。
瞳子　じゃあ、（生きてるんじゃ）
明宏　ゾンビって、死んでるのに、血がでるでしょ。
瞳子　そう？　血、でた？　ヨダレは出たよね。
明宏　ゾンビは、死んでるけど、歩くし、血は出るし、いろいろ食べるし。
瞳子　……ママには、とてもゾンビには見えないよ。（臭いをかいで）全然、臭くないし。
明宏　若いから、腐敗が遅いんだと思う。
瞳子　いつ、死んだの？
明宏　5日前。
瞳子　どこで、死んだの？
明宏　南部戦線。
瞳子　どんなふうに、死んだの？
明宏　敵の戦車にやられたんだ。

瞳子　そう。（気持ちを切り換えて）お腹は？　何が食べたい？　奮発してヤミでなんか手に入れるね。
明宏　母さん、僕、死んでるんだよ。
瞳子　でも、ゾンビは食べるんでしょ？　えっ、人肉専門なの？
明宏　まだ普通の食べ物で大丈夫。あんまり食欲ないんだけどね。
瞳子　美味しいもの食べたら、腐敗も止まるよ。何作ろうかねえ。死んでもママに会いに来てくれたんだもんねえ。
明宏　母さん。ごめんね。
瞳子　えっ？
明宏　死んじゃって。
瞳子　……。
明宏　元気だった？
瞳子　元気、元気。もう、毎日、やること一杯あるんだから。
明宏　母さん、その格好は？
瞳子　野菜作ってるの。この辺りも空襲受けて、あちこち家が無くなってね。中村さんの家があった場所を共同の畑にしてるの。
明宏　中村さんは？
瞳子　直撃弾、受けて、家族全員、あっという間。死ぬとか意識する時間もなかったんじゃない

明宏　かな。ほら、今日はナスとキュウリ。
瞳子　美味しそう。
明宏　新鮮だからね。
瞳子　兄ちゃんは相変わらず？
　　　相変わらず。

と、岩本雄司が自転車に乗って登場。

岩本　瞳子ちゃん。ごめん、ごめん。仕事の電話がかかってきて。休みの日だっていうのにもう、
瞳子　あ、雄ちゃん。

明宏と岩本、お互いに見つめ合う。

岩本　こんにちは。あの……
瞳子　息子の明宏です。
岩本　やっぱり。そんな気がしたんだ。こんにちは。岩本雄司です。
明宏　（戸惑いながら）水島明宏です。
瞳子　明宏、死んじゃったんだって。

岩本　死んだ？　明宏君、死んだの？
明宏　はい。

岩本、いきなり、明宏を殴る。

明宏　（痛さのあまり声が出る）
岩本　うん。いいジョークだ。戦争中はそれぐらいのたくましい冗談がいいな。
瞳子　お父さんよ。
明宏　えっ？
瞳子　明宏の新しいお父さん。
岩本　初めまして。明宏君の新しい父です。パパと呼んでくれるかな。
明宏　母さん、どういうこと!?
瞳子　どういうことって、だから、母さんは岩本雄司さんと結婚することにしたの。
明宏　いつ？
瞳子　来週。
明宏　来週!?
瞳子　だから、明宏はナイスタイミングで帰ってきたのよ。え!?　そのために帰ってきてくれたの？

明宏　違うよ！　結婚するなんて知らないよ。
瞳子　知らせたら、なんて言った？
明宏　え、そりゃあ、父親になる人だから、一回は会って判断したいって……
瞳子　でしょう。でも、明宏はいつ帰ってくるか分からないし、空襲でいつ死ぬか分かんないし、一刻も早く、雄ちゃんと一緒になりたかったのよ。
明宏　だけど、一週間後って、
瞳子　明宏……（急に咳き込んで）ママ、すっかり、体が弱ってしまってね。もう不安で不安で、支えが欲しいのよ。
明宏　今、元気って言ったじゃないの!?
瞳子　結婚するって決めたから元気になったのよ。でも、お前に反対されると、また、（咳き込む）体が苦しゅうて苦しゅうて。
明宏　……兄ちゃんは？　兄ちゃんはなんて言ってるの？
瞳子　（咳をぴたりとやめて）義人は、それなりにねえ。
明宏　それなりに？
岩本　大反対だ。
瞳子　明宏。義人を説得してくれない？
明宏　説得？
瞳子　私達の結婚を認めるように、説得してほしいの。世界でたった二人の兄弟なんだから。

2　水島家リビング

水島義人が話しながら出てくる。
軍服のようなきっちりとした服。
同時にそこは、水島家のリビングとなる。

義人　それで、勲章の一つも手に入れたのか？
明宏　あ、兄ちゃん。いや、ダメだった。
瞳子　何？　場所移動して、いきなり水島家のリビングになったの？　いつもいつもお前は強引だねえ。明宏、晩御飯、期待しててね。
岩本　瞳子ちゃん、何か手伝おうか？
瞳子　まだいい。息子達と話してて。あ、その前に自転車、しまった方がいいね。

瞳子、去る。
岩本も自転車をしまいに去る。

明宏　兄ちゃん、元気だった？
義人　元気なわけないだろ。元気なら、今頃、戦場で敵を倒しまくってるよ。
明宏　そうか。
義人　どうだ、戦場は？　南部戦線だよな。
明宏　兄ちゃん。僕、
義人　どうした？
明宏　死んじゃったんだ。

義人、明宏を強烈に殴る。
明宏は豪快に吹っ飛ぶ。
自転車をしまった岩本、登場。

明宏　（痛みの声が出る）
義人　寝言は死んでから言え。恐怖のあまり、死んだと思い込むのは、戦争じゃあ、恥ずかしいことじゃない。最悪のことを想像して心理的に予防するメカニズムだ。試験の前に、「絶対ダメだあ！」って叫ぶのと同じだな。
明宏　本当に死んだんだよ。
義人　（さらに殴ろうとして）死人は痛がらないだろう。

明宏　（思わず後ずさりして）聞いて。じつは、かくかくしかじか。

義人　なんだよ、ファッション・パインて。南国のフルーツか？

明宏　ファントム・ペイン。

義人　そんな世迷い言言って恥ずかしくないのか。さあ、戦場に戻るんだ！

明宏　本当なんだよ。死んだのに、痛みを感じてしまうんだよ。

岩本　なるほど。義人君、明宏君の話をちゃんと聞いてみないか？

義人　ん？　明宏、犬が吠えたか？

明宏　えっ？

義人　今、犬が吠えたよな。

岩本　……。

義人　昔からお前は臆病だったからなあ。さあ、水島家が恥をかく前に、南部戦線に戻るんだ！

岩本　明宏君は、どうして戻ってこれたの？　除隊になったの？

明宏　いえ、除隊じゃなくて、僕達の部隊、全滅したんです。

義人　明宏、お前、犬と喋ってるのか？　全滅!?

明宏　気がついたら、みんな死んでて、僕も死んでて、だから帰ってきたんです。

義人　帰ったらダメだろう。所属部隊がなくなったら、他の部隊を探し、指示を求めるが戦場の常識だろう。

明宏　どんなに探しても、どこにも味方はいなかったんだよ。

岩本　どうして、天国じゃなくて、故郷に戻ってきたの？
明宏　それは……
義人　まさか、母さんに会いにか？　そんな、軍人として恥ずかしいことか!?
明宏　いや、じつは……
岩本　明宏君、違うの？
義人　明宏、お前、母さんの危機を感じて帰ってきたのか!?　死者のカンか？
明宏　危機？
義人　母さんは今、ひどい男にだまされて大変な目に会ってるんだぞ。
岩本　義人君。誤解だよ。
義人　今日はよく犬が吠えるなあ。
明宏　大変な目って、どういうこと？
義人　いい質問だ。４カ月前の食卓。回想シーン、スタート。

瞳子が現れて、岩本、義人の三人で食卓を囲む。
明宏は少し離れた所から見ることになる。

瞳子　さあ、お待たせしました。雄司さんも、義人も、お腹、空いたでしょう。
岩本　いや、そんなに待ってないよ。(義人) ねえ。

瞳子　義人、正式に紹介するね。岩本雄司さんです。
岩本　岩本雄司です。日本軍関係の衣料品の営業をしています。
義人　水島義人です。母をよろしくお願いします。
岩本　えっ……はい。
瞳子　（感激して）義人。そんな、いきなり……
岩本　僕達の結婚を認めてくれるんですか？
義人　お父さんと呼んでいいですか？
岩本　えっ？
瞳子　（感激して）義人。そんな、いきなり……
義人　両親が離婚したのは、僕が小学校4年生だったんですけど、小さい頃から、あんまり、父親と会話した記憶がなくて。だから、自分の人生の中で、「お父さん」って言葉がまだ言い足りない気がして。
岩本　どうぞ。1日100回でも1000回でも、どんどん、呼んで下さい。
義人　そんなには。1日1回ぐらいは。
岩本　じゃあ、それぐらいで。
義人　お父さん。
岩本　お父さんです。
瞳子　お母さんです。

義人　息子です。
三人　（笑い会う）

岩本、突然、立ち上がる。

瞳子　どうしたの？
岩本　大切な仕事を忘れてた。会社に戻る。
瞳子　今から？
岩本　失礼。

瞳子、思わず引き止めて、

瞳子　雄ちゃん、ちょっと待って。どうしたの⁉
岩本　大事な仕事なんだ。行かないといけない。
瞳子　初めて、家族で食事するのよ。これ以上、大事なことがあるの？
岩本　仕事なんだ。
瞳子　せめて、晩ご飯を食べてから、

岩本、行こうとする。瞳子、進行方向に回って止める。
岩本、瞳子を柔道の足払いかなにかで倒す。

瞳子　（悲鳴）
岩本　どけ！
義人　母さん！（岩本に）何するんだ！

思わず、岩本に近づく義人。
岩本、いきなり、義人にパンチ。
殴られ、吹っ飛ぶ義人。

岩本　うるさい！　仕事なんだ！

岩本、走り去る。

明宏　……どういうこと？
義人　こっちが聞きたいよ。

岩本、登場しながら、

岩本　いや、本当に申し訳ない。あの時はどうかしてたんだ。
瞳子　物凄く大切な仕事だったんですよ。人間、魔が差すってことがあるから。
義人　母さん、回想シーン、終わってるから。
瞳子　細かいこと言ってると、人生、損するよ。
義人　母さん、演劇のルール、守って。
瞳子　(咳をしながら) 病弱なママをいじめないでおくれよ。

瞳子、不承不承、去る。

明宏　(岩本に) 大変な仕事だったんですか?
岩本　大変すぎてパニックになったんです。
義人　そもそも、愛がないんだよ。いや、ＤＶ常習者か。
岩本　義人君、違うんだよ。
義人　明宏、母さんは俺が守る。お前は安心して、戦場に戻れ。
明宏　いや、僕はもう死んだから。
義人　じゃあ、戦場でもう一回、死んでこい!　それが国民の義務だ!

明宏　そんなこと、兄ちゃんに言われたくないな。
義人　何⁉
明宏　戦場に一回も出たことがない兄ちゃんには、そんなこと言う資格ないだろ。
岩本　明宏君、そういう言い方はよくないいんじゃないかな。
義人　明宏。
明宏　兄ちゃんなんか、一度だって命かけて戦ったことないじゃないか！
義人　馬鹿野郎！　俺は、カラオケ屋の店員をしながら、祖国の勝利を祈って毎日、戦ってるんだ！
明宏　何して？　何して戦ってるの？
義人　毎日、仕事の始まりと終わりに、兵隊さんを応援する歌を歌っている。
明宏　応援する歌？　なんだよ。
義人　一杯あるぞ。ドリカムの『何度でも』とかブルハの『人にやさしく』とか岡本真夜の『TOMORROW』とか。
明宏　それ、戦いじゃないし！
義人　馬鹿野郎！　一日、二回も歌うんだぞ。心臓はバクバクするし、死にそうになるんだぞ！
岩本　義人君、毎日、ごくろうさまです。
明宏　そんなの戦いじゃない！
義人　うるさい！　お前は戦場に戻れ！

岩本　まあまあ、兄弟なかよく、家族じゃないか。瞳子ちゃん、今日の晩ごはんはなんだい？
家族がそろったお祝いだね。
義人　うるさいぞ、犬！
岩本　それで、明宏君、天国じゃなくて故郷に戻ってきた理由はなんなの？
明宏　えっ。
岩本　お母さんに会う以外の理由があるんでしょう？

明宏、思わず、その場を離れる。

岩本　明宏君。
明宏　兄ちゃんと違って、僕はちゃんと戦って死んだんだ。

明宏、飛び出す。

岩本　ちょっと！
義人　非国民！　そのまま、戦場に戻れ！

義人、そう叫んで、胸を押さえる。

岩本　（それに気付いて）義人君。大丈夫？

義人　うるさいぞ、犬！

義人、岩本の手を払って、よろめきながら去る。

それを見送る岩本。

明かりが落ちる。

3　再会

青山夏希の姿が浮かび上がる。
物憂げな顔。
と、明宏が登場。

明宏　夏希さん！
夏希　水島。生きてたの⁉
明宏　あ、いえ。
夏希　えっ？
明宏　今から言いますけど、叩かないで下さいね。
夏希　叩く？　どうして？
明宏　今日、何回も叩かれて、体中、痛いんです。じつは、かくかくしかじか。
夏希　そうなんだ。
明宏　信じてくれるんですか⁉
夏希　だって、信じられないことばっかり起こってるんだもん。もう驚くことにも疲れた。

明宏　そうですか。
夏希　あたしだって、生きてるのか死んでるのか分かんないし。
明宏　夏希さんはちゃんと生きてますよ。
夏希　この風景見てると、そんなこと思えなくてね。
明宏　（周りを見て）大学、やられちゃったんですね。
夏希　うん。部室も直撃弾、受けた。
明宏　いつ？
夏希　一週間前。
明宏　夏希さん、ここで何を？
夏希　なんにも。
明宏　なんにも？
夏希　授業も再会する予定、分かんないし、サークルもみんないなくなったし、することないんだ。気がつくと、ここに来てる。
明宏　卒業しなかったんですか？
夏希　大学はしてもいいって言ったんだけどね。何にも勉強してないのに卒業なんて変だよ。
明宏　故郷には？
夏希　空襲でやられて、家族と連絡つかない。水島はどうしてここに？
明宏　みんないるかなって。

夏希　誰もいないよ。
明宏　部長は、北部戦線で……
夏希　うん。2カ月ぐらい前かな。
明宏　ネットで戦死公報、見ました。僕のはまだ出てないんですけど。
夏希　……みんな死んじゃうんだね。
明宏　ええ。
夏希　政雄が言ってた。人間がおこなう最も醜い集団行動が戦争だって。
明宏　……。
夏希　政雄も水島みたいに死んでも帰ってくればいいのに。
明宏　部長は、幽霊になってないですか？
夏希　なーんにも。待っても待っても、出てこない。
明宏　そうですか……。
夏希　どう？　死んで帰ってきても、1年ぶりの故郷は？
明宏　夏希さん、お願いがあります。
夏希　何？
明宏　僕の映画に出てくれませんか？
夏希　映画!?
明宏　（突然）言えた！　やっと言えた！　とうとう言えた！　言ったぞ、俺！　よくやったぞ、

夏希　俺！　すごいぞ、俺！
明宏　水島、落ち着け。
　　　やっぱり、人間、死んだら何でも言えるんですね。死んだ気になったら何でもできるって
　　　言うじゃないですか。でも、死んだら無敵ですね。夏希さん、僕の映画に出てください。
夏希　どうしたの、いきなり。
明宏　僕、夏希さんで撮りたかったんです。でも、夏希さんは、部長の作品でいつも忙しかった
　　　から。いえ、忙しくなくても、僕の作品なんか、出てくれそうになかったし。
夏希　そんなことないよ。
明宏　僕、映画を創るために、死んでも天国に行かないで、故郷に帰って来たんです。
夏希　えっ？
明宏　僕、死ぬ直前に思ったんです。俺、生きた証、何か残せたんだろうかって。勢いで作った
　　　映画は本当はやりたくなかったし。
夏希　そうなの？
明宏　本当はあの映画、夏希さんを主役に撮りたかったんです。あの映画が唯一、俺がこの世に
　　　残したものなら、俺、死んでも死に切れないって思ったんです。夏希さん、お願いです。
　　　僕の最後の映画に出てください。
夏希　でも、こんな時代に映画撮ってたら、何言われるか分かんないよ。周りから白い目で見ら
　　　れて、

明宏　いいんです。僕、死んだんですから。戦場で台本書いたんです。

夏希　戦場で。

明宏　こっそり書いてたから、僕、狂わなかったんです。お願いします。

夏希　……水島、ごめんね。あたし、今、なんにもする気が起こらないんだ。

明宏　なんにも？

夏希　うん。ただ、毎日、自分に怒ってる。

明宏　怒ってる？

夏希　みんな死んだのに、なんで私だけ、生き延びたんだろうって。

明宏　それは、夏希さんの責任じゃないですよ。

夏希　責任とか責任じゃないとか関係ないんだ。みんな死んだのに、私は生き延びた。それが許せないの。

明宏　夏希さん。

夏希　だから、私、演技とかする気持ちになれないの。ごめんね。

明宏　夏希さん。夏希さんが映画に出てくれないと、僕、ちゃんと死ねないんです。成仏できなくて、地縛霊になって、この辺りをさまようかもしれません。

夏希　そしたら、お線香はあげる。ごめんね。

夏希、走り去る。

明宏　夏希さん！

後を追えない明宏。

途方に暮れる。明かり落ちる。

4　訪問者

榎戸光典が登場。

榎戸　こんにちは。

瞳子が出てくる。

瞳子　はい、なんでしょう。
榎戸　こちら、水島明宏一等陸士のお宅でしょうか？
瞳子　はい。明宏は私の息子ですが。
榎戸　ここなんですね。陸軍局で調べて来たんです。私、南部方面軍第8師団第12普通科連隊、榎戸一等陸曹です。水島一等陸士の上官にあたる者です。
瞳子　それはそれは。明宏がお世話になってます。
榎戸　あの、水島陸士は？
瞳子　さっきまでいたんですが、ちょっと出かけたみたいで。

榎戸　ということはこちらにいらっしゃるんですね？
瞳子　ええ。今日、帰ってきました。
榎戸　やっと見つけた。5日もかかりました。あの、水島陸士、何か話していませんでしたか？
瞳子　話す？
榎戸　どうして故郷に帰ってきたか、とか。
瞳子　あの、自分は死んだとか言ってます。
榎戸　死んだ⁉　死んだって言ってるんですか⁉
瞳子　ええ、まあ。
榎戸　まいったなあ。そんなこと言ってるのか。違うんだよなあ。
瞳子　違う？
榎戸　彼は死んでいません。
瞳子　えっ？
榎戸　私は同じ戦場にいたんですから、間違いないです。彼は死んでいません。
瞳子　死んでない？　死んでないんですね。
榎戸　ええ。死んだのは私です。
瞳子　はい？
榎戸　落ち着いて聞いて下さいね。
瞳子　落ち着いて発言して下さいね。

榎戸　水島陸士は死んでいません。死んだのは私です。私は幽霊です。
瞳子　えっ!?
榎戸　あ、怖がらないで。怖くないんです。陽気で楽しい幽霊です。ホ～レホレホレ、よ～れいひ～。
瞳子　なんですか？
榎戸　親しみやすさをかもし出してみました。
瞳子　本当に幽霊なんですか？
榎戸　はい。試しに叩いてみて下さい。
瞳子　えっ？
榎戸　さあ、景気よく、思いっきり。
瞳子　（瞳子、ぴしゃりと頬を叩く）
榎戸　ほら、なんにも痛くないんです。死んでるからです。はっはっはっ。
瞳子　ほんとに？（と、またぴしゃり）
榎戸　はっはっはっ（と軽快に笑う）
瞳子　嘘。（と、ぴしゃり）
榎戸　はっはっはっ（と少し無理して軽快に笑う）
瞳子　すごい。（と、ぴしゃり）
榎戸　はっはっはっ。（かなり無理して軽快に笑う）

瞳子　信じられない。（と、叩こうとして）
榎戸　もうやめなさい。おもちゃじゃないんだから。
瞳子　すみません。
榎戸　水島陸士が帰って来るまで、待たせてもらってもいいですか？
瞳子　それはべつに。さあ、どうぞ、おあがり下さい。で、ここは水島家のリビング。

と、リビングになる。

榎戸　ありがとうございます。素早い場所移動ですね。あ、死んでますからおかまいなく。
瞳子　お茶とか、飲まれませんか？
榎戸　あ、ドラえもんと同じで、一応、受け付けます。
瞳子　ドラえもんと同じ？
榎戸　ドラえもん、体内に原子炉持ってるのに、どら焼食べるんですよ。なんでも原子力エネルギーに変えられるって。そんなわけないでしょう。野比家のみんなが食べてるから、つられて食べてるだけです。私も、生きてる人間につられます。
瞳子　はあ……。
榎戸　あ、でも、不味いものにはつられません。
瞳子　あの……明宏は死んでないんですよね。

榎戸　はい、死んだのは私です。

瞳子　じゃあ、どうして帰ってきたんですか？　まさか、あの子、逃げ出したんじゃ。

榎戸　お母さん。残念ですが、軍事上の重大な機密ですから、言えません。

瞳子　でも、逃げ出してたら、大変なことですよね。死刑ですか？

榎戸　口が裂けても言えません。

瞳子　お願いします。教えて下さい。どうして明宏は、自分が死んだなんて言ってるんですか？

榎戸　そんなに知りたいんですか？　ものすごくショックなことですよ。いいんですか？

瞳子　あ、いえ、やっぱりいいです。

榎戸　あれは、南部戦線が崩壊しそうになった6日前のことです。

瞳子　いいのに。

榎戸　聞きなさい！　水島陸士の母として、あなたには聞く義務がある。音楽、スタット！

ドラマチックな音楽が始まる。

榎戸　南部戦線D14地区を守る我々は追い詰められていた。次々と迫り来る敵のZR112型最新式タンク。

瞳子　タンク。

榎戸　つまりは、一台7億円もするすっごい強力な戦車。このままだと、我々は全滅してしまう。

けれど、すでに、航空兵力はなく、榴弾砲もロケット砲も空襲で壊され、我々には迎え撃つ手段がない。その時、南部方面軍第8師団第12普通科連隊富永司令官は重大な決断を下した。（司令のやや甲高い声で）「特別攻撃隊を組織する」（兵達の声）「特別攻撃隊？」「特別攻撃隊ってなんだ!?」「特別の攻撃隊？」部隊は司令の言葉にざわざわと揺れた。（瞳子に「あなたもっ！」という視線を送る）

瞳子　（思わず）ざわざわ。

榎戸　富永司令は続けた。『ロケット砲は破壊された。だが、残されたロケット弾を抱え、一人一人が人間爆弾となって、敵タンクに特別攻撃をしかける』「特攻隊じゃんよ」「カミカゼじゃん」「絶対、死ぬじゃん！」（瞳子に促す）

瞳子　「死ぬよ！」

榎戸　『では、希望者を募る。祖国を護る悠久の大儀に殉じ、万世に燦たる神兵となる者は手を上げよ』突然の沈黙。時間が永遠に凍るかと思われた瞬間、富永司令が聞いたこともないような大声で叫んだ。

富永司令のドスのきいた声が響く。

富永（声）『行くのか行かんのかはっきりしろ！』

榎戸、思わず手を上げる。

榎戸　なんだかもうびっくりして、手上げないと悪いんじゃないかなーって。

富永（声）　よし！　手を上げた者は残れ。諸君は神である！

榎戸　私は混乱したまま富永司令に向かって叫んだ。「榎戸光典一等陸曹、喜んで行かせていただきます」

瞳子　えっ？

榎戸　すぐに、後ろから声が聞こえた。

水島、現れる。

明宏　水島明宏一等陸士、喜んで行かせていただきます！

瞳子　あの子も⁉　明宏も手を上げたんですか⁉　どうして？

榎戸　みんな、顔におっきな字で「どうして手を上げちゃったんだろう」と書きながら力の限り叫んだ。

榎戸・明宏　私はこの国を心底愛しています。私一人で、敵の無敵タンク一台をつぶせるのなら、これ以上の喜びはありません！

瞳子　なんでユニゾンなの⁉

榎戸　私は、『特別攻撃夜桜隊』の隊長に任じられ、水島陸士と共に、敵の強力タンクを待ち伏せした。

榎戸、明宏、ロケット弾を抱えるマイム。

瞳子　夜桜隊？

榎戸　富永司令のセンスです。夜桜隊の隊員は４名。つまりは愛国の情に溢れ、勢いで手を挙げてしまったのが４名。敵のＺＲ１１２型最新式タンクは、装備は特殊素材で堅牢だが、ただ一点、右側面の給油パッチ部分が薄いことが分かっていた。そこに向かってロケット弾を抱えて突撃すれば、確実にダメージを与えられる。私達、夜桜隊はただ心静かにその時を待った。全員、微笑んでいた。夜桜隊隊長の私を信じ、国を信じ、万世の未来を信じる顔だった。夜が明け、長い一日が始まるかと思ったその時、聞こえてきたのはこの音！

タンクのキャタピラの音。

榎戸　「榎戸隊長、行ってきます」吉田一等陸曹はにっこり笑ってロケット弾を抱えて突撃した。（爆発音）命中！　見事、にっくきＺＲ１１２型タンクは火を吹き上げた。吉田陸曹の命が燃えた炎だった。次に山上一等陸士が水島陸士の手を取り「水島、先に行くぞ」と言っ

た。水島陸士は、

明宏　山上、俺もすぐに行く。

明宏、山上がいるつもりでマイム。

榎戸　と、固い握手。その時、敵タンクの同軸機銃７・６２ミリがバリバリと火を吹いた。が、勇敢な山上陸士は飛び出した。

明宏　山上！

爆発音。

榎戸　そして、水島陸士の番になった。

明宏　水島一等陸士、行きます！

瞳子　行っちゃったら死ぬのよ。死んじゃうのよ。

榎戸　水島、俺もすぐあとから行く！

明宏　はい！　水島一等陸士、行きます！

榎戸　よし、行け！

明宏　はい！　水島一等陸士、行きます！（動かない）

榎戸　だから行け！

明宏　はい！　水島一等陸士、行きます！（動かない）

榎戸　分かったから、行け！

明宏　はい！　水島一等陸士、行きます！（動かない）

榎戸　水島！　早くしないとタンクが通過するぞ！

明宏　はい！　水島一等陸士、行きます！（動かない）

榎戸　それはもう分かった！　行くんだ！

明宏　はい！　水島一等陸士、行きます！（動かない）

榎戸　水島！　お前、ビビってるのかあ！

明宏　違います！　ただ、足が動かないだけです！

榎戸　それをビビってるって言うんだ！　貴様、それでも日本男児かあ！

明宏　はい！　水島一等陸士、行きます！（動かない）

榎戸　もういい！　俺が先に行く！　あとに続け！

明宏　はい！　水島一等陸士、後に続きます！

榎戸　突撃ー！

明宏　突撃ー！

榎戸、突撃の動きがスローモーションになる。

そして、爆発音。

瞳子　それで？

榎戸　（スローモーションしながら）見事タンクを破壊したあと、天国に行く途中で、ふと下を見た。すると、棒立ちのまま、一歩も動いてない水島陸士が見えた。えー、行ってないのかよー。それはないだろーっと上空から突っ込んでいると、いきなりタンクが３００台ぐらい反対側から現れて、あっと言う間に第８師団を全滅させた。

瞳子　全滅⁉

榎戸　水島陸士は、気を失ったまま倒れてたから、ただ一人、奇跡的に生き残った。これが戦場で起こった全てです。ご静聴、ありがとうございました。

瞳子　そんな……。

回想に出た明宏はいなくなる。

榎戸　しかたないです。あの恐怖は体験した者にしか分かりませんから。戦場ではあまりの怖さに死んでるのか生きてるのか分からなくなるんです。水島陸士は、気を失い、自分は死んだと思い込んだんです。

瞳子　……まさか、明宏に戦場に戻れって言いに来たんですか？

榎戸　えっ？
瞳子　お前は死んでないから戻れって。
榎戸　違います。そんなことじゃないです。
瞳子　じゃあ、なんですか⁉
榎戸　それは……、水島陸士に直接言います。
瞳子　今、言ってください。
榎戸　いえ、それは……
瞳子　連れ戻しにきたんだ！　そうなんでしょう！　雄ちゃん！　雄ちゃん！

岩本、出てくる。

岩本　どうした⁉
瞳子　この男、明宏を戦場に連れ戻しに来た！
岩本　なんだって⁉
榎戸　違いますよ！
瞳子　雄ちゃん、お願い。こいつを追い出して。
榎戸　待たせてくれるって言ったじゃないですか！
岩本　痛い目に会いたくないなら、とっとと出て行くんだな。

瞳子　ダメ！　この人、幽霊だから、痛い目に会わないの！
岩本　幽霊!?
瞳子　塩もって来て！　塩！
榎戸　なめくじじゃないんだから！
瞳子　じゃあ、お数珠とか十字架とかニンニクとか！
榎戸　やめてくださいよ！
瞳子　さあ、帰って！　帰って下さい！

瞳子と岩本、榎戸を押し出す。
瞳子と岩本もそのまま去る。
隣の部屋で聞いていた義人が出てくる。

義人　……そんなことだと思ったよ。心底、恥ずかしい。

義人、去る。

5　恋心

夏希が、苛立たしげにうろうろしている。
義人がやってくる。

義人　こんにちは。
夏希　（軽く会釈）
義人　最近はいらっしゃいませんね。
夏希　えっ？
義人　カラオケ。僕、『ハッピー歌声広場』で働いてるんです。何回もお部屋に案内したんですけど。
夏希　そうですか。
義人　覚えてないですか？
夏希　……すみません。
義人　『ハッピー歌声広場』、空襲を受けてもまだ半分残ってますから。ぜひ、来て下さい。
夏希　（あいまいにうなづく）

義人　よくここにいらっしゃいますよね。
夏希　えっ？
義人　あ、すみません。ストーカーじゃないです。ただ、『ハッピー歌声広場』に出勤する途中で、よくお見かけするので。全然、怪しいものじゃないです。水島義人と言います。
夏希　水島？
義人　なにか？
夏希　……弟さん、いらっしゃいますか？　戦争で亡くなった。
義人　死んだって嘘をついてる弟はいます。
夏希　嘘？　嘘なんですか？
義人　弟を、明宏をご存知なんですか？
夏希　大学の同じサークルです。
義人　映画研究会？
夏希　はい。
義人　女優さんですか？　どうりでお綺麗だと思ったんです。
夏希　学生です。女優じゃないです。
義人　見てみたいなあ。あなたの出た映画。
夏希　嘘って、どういうことですか？
義人　死んだなんて言い訳して、逃げてきたんです。

夏希　逃げた？
義人　おかしいと思ってたんですよ。でも、さっき、弟の上官がやってきて、全部説明してくれました。
夏希　死んでなかったんですか？
義人　ええ。じつに恥ずかしい事情でした。
夏希　どうして、水島、あ、いいえ、水島君は逃げてきたんですか？
義人　口にするのも恥ずかしいです。
夏希　それは？
義人　知りたいですか？

町内会長（女性）と側近（男性）が現れる。
二人がシルエットとして表現される場合は、声だけ。

町内会長（声）　水島じゃないの。あんた、なにをチャラチャラしてるの！
側近（声）　この非常時に、デートか!?　信じられんのう。
義人　違う。そんなんじゃない。
町内会長（声）　よくまあ、街を歩けるわね。恥ずかしくないの！
側近（声）　恥を知れ！

義人、足早に去ろうとする。

町内会長（声）　逃げるの？

義人　仕事だよ。

夏希　あ、ちょっと。

夏希、思わず、後を追う。
その姿に声がかぶさる。

側近（声）　仮病なんじゃないのか。

町内会長（声）　まったく。早く死ねばいいのに。

6　対決1

明宏が家に戻ってくる。
すぐに瞳子と岩本が飛び出てくる。

瞳子　明宏！　どこに行ってたの⁉
明宏　どこって、別にいいじゃないか。
岩本　さ、明宏君、早く家に入るんだ。
明宏　どうしたの？
瞳子　いいから、さあ。

と、榎戸が飛び出てくる。

榎戸　水島陸士！
明宏　榎戸隊長！（と、敬礼）
瞳子　やっぱり、隠れてたんだ。さ、明宏、中に入るんだよ！

岩本　悪霊退散！（と、御札のようなものを見せつける）エコエコアザラク、アノクタラサンミャクサンボダイ、アブトル・ダムラル、われとともにきたり、われとともに滅ぶべし。

明宏　ちょっと待ってよ！　榎戸隊長、どうしてここに？

榎戸　水島陸士。じつは、お前に頼みがあってやって来た。

明宏　頼み？　榎戸隊長の頼みなら、なんでも聞きますよ。

瞳子　聞いちゃダメ！

榎戸　俺が特攻で死んだことを、中央統括本部に報告して欲しいんだ。そうすれば、俺は二階級特進できる。

明宏　二階級特進。

榎戸　特攻で死んだ場合は、二階級特進するのがわが軍のきまりだ。俺は陸曹で特攻したから、二階級特進したら陸尉、つまり将校になるんだ。兵隊と将校じゃあ、遺族年金は桁違いなんだ。

瞳子　（岩本に）どういうこと？

岩本　エリートの将校と一般の兵隊じゃあ、残された家族が受け取る金額は全然違うんだよ。

榎戸　俺には愛する妻と3人の子供がいる。（と、スマホを出して、写真を明宏に見せながら）こいつらにちゃんとした金を残したい。ところが、夜桜隊の特攻記録は報告されてないんだ。第8師団は一瞬で全滅したからな。このままだと、俺は陸曹のままで死んだことになる。

明宏　榎戸隊長。

榎戸　お前しかいないんだ。夜桜隊が特攻して散華したと、中央統括本部に言えるのは、水島陸士だけなんだ。頼む。正式に報告して俺を二階級特進させてくれ。

明宏　榎戸隊長、冗談はやめて下さい。

榎戸　は？

明宏　榎戸隊長は死んでないですよ。死んだのは僕です。

榎戸　水島陸士！　思い出すんだ！　あの時、迫り来るＺＲ１１２型最新式タンクを前にして、ロケット弾を抱えたお前は何をした⁉

明宏　あの時……

榎戸　思い出すんだ！　真実の記憶を！　音楽と効果音！

タンクが近づく音が聞こえてくる。

榎戸　夜桜隊一番手、吉田陸曹が自らの命を真っ赤に燃やした炎、覚えてるよな。

明宏　はい。そして、山上一等陸士が僕の手を取って、こう言いました。

榎戸　「水島、先に行くぞ」その言葉に固く手を握り返した水島陸士は答えて、

明宏　山上、俺もすぐに行く。

榎戸　その瞬間、炸裂する同軸機銃。けれど、飛び出す山上陸士。

明宏　山上ー！

爆発音。

榎戸　そして、

明宏　榎戸隊長の番が来たんです。

榎戸　えっ？

明宏　榎戸隊長は、

明宏・榎戸　「いいか、俺の後に続け。何にも怖くないんだから」

明宏　と仰いました。

榎戸　そうだっけ？

明宏　私がビビっていることを見抜き、積極的に範を示して下さったのです。榎戸隊長は叫びました。

榎戸　水島陸士！　行くぞー！　俺の後に続け！

明宏　はい！　榎戸隊長！

榎戸　行くぞー、水島陸士！　靖国で会おうなー！

明宏　はい、榎戸隊長！　靖国でお会いしましょう！

榎戸　（後ずさりして）いくぞー！　水島陸士！　二人で神になるぞー！

明宏　はい！　榎戸隊長！　私達は神になります！

榎戸　（さらに後ずさりしながら）いくぞー！　水島陸士！　俺に続けー！

明宏　はい！　水島陸士！　榎戸隊長に続きます！

瞳子　（榎戸の後ずさりを示して）下がってない？

榎戸　（さらに後ずさりして）いくぞー！　水島陸士！　ホントに行くぞー！

明宏　はい！　榎戸隊長！　後に続きます！

瞳子　下がってるって。

榎戸　いくぞー！　水島陸士！

明宏　榎戸隊長！

榎戸　なんだ？

明宏　まさか、まさかとは思いますが、榎戸隊長はビビっていらっしゃるんですか？

榎戸　馬鹿野郎！　助走のために、下がってるんじゃないか。より高く飛ぶためには、深くしゃがまないといけないいんだ。

明宏　失礼しました！

榎戸　水島陸士！　いくぞー！

明宏　榎戸隊長。一緒に行きましょう。

榎戸　えっ？

明宏　一二の三で、同時に行きましょう。

榎戸　よし分かった！　俺に続け！

明宏　行きます！

明宏・榎戸　一二の三！

　　榎戸、反対方向に走り出し去る。

榎戸　おーい！　水島陸士！（手を振って）バイバーイ！

明宏　榎戸隊長！

　　明宏、意を決して、走り出す。

明宏　うぉー！

　　爆発音。

　　明宏、スローモーションで吹っ飛ぶ。

瞳子　そういうこと？

　　榎戸、出てきて、

榎戸　違う！　全然、違う！　水島、それはお前の妄想、完全な勘違いだ。
明宏　これが真実です。僕は走り去りながら、手を振る榎戸隊長の姿をはっきりと覚えています。
榎戸　なんで俺が手を振るんだよ？
明宏　ですから、バイバイと。
榎戸　そんなわけないだろ。もし逃げるなら、手なんか振らないですぐに逃げるよ。
明宏　榎戸隊長は手を振って逃げました。
榎戸　全然、違うって。
瞳子　やっぱり、私の息子だけあるわねえ。
榎戸　違いますって。お母さん、息子が死んでていいんですか？　私は、水島陸士は死んでないって言ってるんです。
瞳子　そりゃ死んでない方が嬉しいですけど。
榎戸　頼む、水島陸士。中央統括本部に俺の特攻を報告してくれ。
明宏　だから、嘘は言えないんです。第一、詳細を聞かれても答えられませんよ。
榎戸　分かんないかなー！　水島、お前は生きてるの！　死んだのは俺なの！
明宏　死んだのは僕です！　生きてるのは手を振って逃げた榎戸隊長です！
榎戸　ガンコだなあ。

と、そこに夏希が現れる。

夏希　こんにちは。
明宏　夏希さん。どうしたんですか？
夏希　お兄さんに住所を聞いたの。
明宏　兄ちゃんから。どういうこと⁉
夏希　水島、台本、読ませてくれる？
明宏　え？
夏希　映画、やろうか。
明宏　ホントですか！
夏希　台本、すぐに読みたい。
明宏　分かりました！　ちょっと待ってて下さい！

明宏、急いで去る。

瞳子　あの……
夏希　水島君の上官という方は？
榎戸　私です。

夏希　水島君のお兄さんから聞いたんですけど、水島君、逃げたって、本当ですか？
榎戸　そうです。手短にしかし要領よくかくかくしかじか。
夏希　そうですか。逃げたのに、自分は死んだって言ってるんですね。
榎戸　じつに困ったことです。

と、明宏、飛び出てくる。
手には台本。

明宏　夏希さん、これです。

夏希、受け取り、目を通し始める。

明宏　なるべく早く完成させたいんです。僕が腐る前に。
瞳子　明宏、なんの話？
明宏　母さん、僕、映画、撮るんだ。
瞳子・岩本　映画⁉
明宏　そのために、天国に行かないで帰ってきたんだ。
瞳子　そのため⁉

明宏　僕の部屋は？
瞳子　義人が使ってるよ。
明宏　どうして⁉　僕の部屋だろ。
瞳子　もともとは二人の部屋だっただろう。
明宏　兄ちゃんは？
瞳子　仕事に行っちゃったよ。晩御飯、いらないとか言って。
明宏　夏希さん、部屋で打合せしませんか？
夏希　え？　ええ。
明宏　さ、入って！

明宏、夏希を誘う。

夏希　（瞳子達に）おじゃまします。

明宏、夏希、去る。

榎戸　いや、あの、水島陸士……。
瞳子　映画を撮るために帰ってきた？　ママに会いたかったからじゃないの⁉　ね、どういうこ

と⁉

岩本　まさか、映画とは……。
榎戸　私の話はどこにいったんでしょう？
岩本　とりあえず、晩御飯の準備に戻ろうか。
瞳子　そうねえ……ショックだわー……。
榎戸　息子さんを説得して下さいよ。明日、中央統括本部に行けって。

二人、無視して家に入ろうとする。
榎戸がついてくる。

瞳子・岩本　……。
榎戸　……。

二人、ダッシュして去る。
榎戸、慌てて追いかける。

榎戸　ちょっとおー！

7　準備1

明宏の部屋で台本を手に相談している明宏と夏希。

夏希　これだと、たぶん30分から40分の作品ね。
明宏　僕もそう思います。
夏希　細かくカットを割るつもりはないのね？
明宏　ええ、基本はワンシーン、ワンカットの長回しでいこうと思ってます。
夏希　じゃあ、準備に二日、撮影に三日。編集・音入れに二日。完成披露試写は一週間後。どう？
明宏　そんな速度でできるんですか⁉
夏希　時間がないんでしょ。できるか、じゃなくて、やるの。
明宏　はい。急がないと、たぶん、僕、腐るので。
夏希　暗くなる前にロケハン、行かない？
明宏　今から？
夏希　そう。心当たりはある？

明宏　ええ。いくつかは、なんとなく。

夏希　じゃあ、監督は行けるだけの場所を当たって下さい。私は、衣裳と小道具の準備します。

明宏　……。

夏希　どうしたの？

明宏　今、なんて言いました？

夏希　私は衣裳と小道具の準備するって。

明宏　その前。

夏希　行けるだけの場所を当たってって。

明宏　そのちょっと前。

夏希　なに？

明宏　監督！　夏希さん、僕のこと監督って言ってくれましたね！

夏希　だって、監督じゃないの。で、私は、衣裳兼助監督兼制作兼主演女優。

明宏　じゃあ、私、衣裳と小道具、リストアップしてから買い物に行く。ここで作業してて、いいかな。

夏希　もちろん。

明宏　じゃあ、監督は先にロケハン、行って下さい。

夏希　はい。あ、晩御飯、一緒に食べませんか。母親がご馳走を作ってくれてます。

夏希　ありがと。
明宏　じゃあ、監督はロケハンに行きます。
夏希　よろしくお願いします。

明宏、飛び出す。
夏希、台本を見ながら、それにメモ。
と、瞳子と岩本がすーっと入ってくる。

瞳子　ちょいとごめんなさいよ。
夏希　あ、すみません。部屋、使わせてもらってます。
瞳子　映画ってどういうこと？　あなたも明宏と同じ映画研究会の人なの？
夏希　青山夏希と言います。
岩本　夏希さん。分かってます？　この時代に映画を作るって大変なことですよ。
夏希　あの、水島君は、サバイバーズ・ギルトのせいで、自分を死んだと思っているんじゃないでしょうか。
岩本　え？
瞳子　何？　サババサバ・キルト？　すっきりしたフトン？
夏希　「サバイバーズ・ギルト」生き延びてしまった罪悪感です。

岩本　……。

瞳子　生き延びてしまった罪悪感。

夏希　戦争や災害の時にたくさんの人が死んだのに、自分が生き延びてしまったことに感じる罪悪感です。

岩本　明宏君もサバイバーズ・ギルトに苦しんでいるって言うのかい？

瞳子　だって、自分のせいで死んだわけじゃないんでしょう。どうして、罪悪感を感じるの？

夏希　理屈ではそう思っても、自分だけが助かったことがどうしても許せないんです。

岩本　サバイバーズ・ギルトに苦しんで、明宏君は、自分も死んだと思い込んだということ？

夏希　自分も死んだと思えば、とりあえず、生き延びた罪悪感からは解放されますから。

岩本　そうか。そんなふうに考えるのか……。

瞳子　そんな……。

岩本　でも、どうしてそんな話を？　映画作りと関係あるの？

夏希　水島君、映画が完成したら成仏すると思ってます。

瞳子・岩本　えっ。

夏希　だから、映画が完成しても成仏しなかったら、自分は死んでない、生きてるって考えるようになると思うんです。

岩本　なるほど……。

夏希　だから、水島君に映画を作ってもらいたいんです。

瞳子　どうして？
夏希　えっ？
瞳子　どうしてあなたは明宏を助けるの？　明宏の彼女なの？
夏希　いえ。水島君は全然、タイプじゃないです。
岩本　正直な娘さんだ。
瞳子　じゃあ、
夏希　……私もどうして自分だけが生き残ったんだろうって思ってるんです。
瞳子・岩本　え？
岩本　夏希さんもサバイバーズ・ギルトに苦しめられてるの？
瞳子　でも、生き延びたのよ。そのことをちゃんと喜ばないと。
岩本　生き延びた喜びより、生き延びた苦しみを何倍も感じるんだね。
夏希　水島君を手伝ったら、少しは楽になるかなって。すみません。だから、自分のためなんです。
瞳子・岩本　……。
瞳子　晩御飯、食べる？　今日はごちそうなの。
夏希　いえ。これから、買い出しに行って、衣裳を作らないといけないんです。たぶん、徹夜です。
瞳子　そんな。

夏希　それと、お二人にも出演をお願いしたいんです。
岩本　出演⁉
夏希　俳優の数が全然足らないんです。水島君は撮り方でなんとかするって言ってるんですけど、私は無理だと思ってます。
岩本　いや、しかし、
夏希　大丈夫です。台本、コピーしてお渡しします。それじゃ、私、買い物に行きます。ごめんなさい。せっかくお食事に誘っていただいたのに。

夏希、去る。

岩本　出演て……。
瞳子　ねえ、でもさ、もし、明宏が本当に死んでたら、映画が完成したら成仏して消えるってことよね。
岩本　そうなるね。
瞳子　それはダメじゃない。それはダメよ。映画なんか撮ったらダメよ。
榎戸　いや、大丈夫。水島陸士は死んでないですから。

と、堂々と入ってくる。

岩本　どっから入ってきた⁉

瞳子　壁とか抜けて来たの⁉　幽霊だから！

榎戸　いえ、トイレの窓が開いてたので。少し、臭かったです。

岩本　出て行ってくれ。さあ。

榎戸　まあまあ、晩御飯を食べながら、ゆっくり、相談しましょう。

瞳子　なんの⁉

榎戸　水島陸士を説得する方法ですよ。どうやったら明日、中央統括本部に行くか。

岩本　さ、出て行くんだ。

榎戸　まあまあまあ。晩御飯のメニューはなんですか？　楽しみだなあ。

瞳子と岩本が榎戸を押し出す。

榎戸、そのまま押し出される。

暗転。

8　準備2

すぐに明かり。
明宏の部屋。
カメラを持っている明宏と台本をバインダーに挟んで持っている夏希。
手に台本を持っている瞳子と岩本。二人は台本を読み終わっている。

瞳子　明宏！　本気なの？　本気でこれやるの？
明宏　もちろん。
岩本　いやあ、しかし、これはいくらなんでも、
夏希　岩本さんには、俳優だけじゃなくて、カメラもやっていただきたいんです。
岩本　カメラ⁉
明宏　岩本さん、カメラ、使ったことはありますか？
岩本　まあ、昔はビデオカメラでいろんなもの撮ったから。
瞳子　あら、そうなの？
明宏　昔のカメラより、もっと簡単に撮れると思いますよ。

夏希　それと、明後日から三日間、仕事を休んで欲しいんですが。
瞳子・岩本　えっ⁉
夏希　息子さんの最後の映画のためです。
岩本　いや、しかし、
瞳子　分かったわ。急病になりましょう。ねえ、雄ちゃん。
岩本　いや、しかし、三日は、
明宏　お父さん、僕の人生、最後のお願いです。
岩本　分かった。今日からインフルエンザになる。会社に電話する。
瞳子　私は何にしようかな。なんだか、ワクワクするね。（夏希に）小さなスーパーで働いてるの。
夏希　聞きました。
岩本　さっそく電話してくる。携帯、隣の部屋なんだ。

岩本、去る。

瞳子　明宏、あんた、お父さんて。
明宏　トイレ、行ってくる。

明宏、去る。

夏希　お父さんて？
瞳子　まだ、父親じゃないの。来週、結婚するの。
夏希　来週!?
瞳子　明宏は、雄ちゃんに昨日初めて会ったの。でも、お父さんて呼んでくれた。
夏希　昨日、初めて!?
瞳子　みんな、一生懸命、家族になろうとしてるのよ。
夏希　そうなんですか。
瞳子　私も雄ちゃんも再婚なの。私は、兄の義人が小学校の時に離婚して。明宏はほとんど父親の記憶はないと思う。
夏希　岩本さんは？
瞳子　奥さんは亡くなったそうよ。お子さんに関しては詳しくは教えてくれないけど。
夏希　教えてくれない……。
瞳子　なんだか、あんまり話したくないみたいで。娘さんなんだけどね。
夏希　そうですか……。でも、うらやましいです。うちなんか、家族で一緒に何かやるなんて、ほとんどないです。
瞳子　私だって、初めてよ。そういう意味だと、明宏に感謝ね。

夏希　ほんとですね。

と、義人が入ってくる。

義人　明宏！　お前、戦場に戻らんで、何しとんじゃあ！……あ、夏希さん。いらしてたんですか。こんにちは。

夏希　こんにちは。

瞳子　義人。

と、明宏が戻ってくる。

明宏　兄ちゃん。

義人　兄ちゃんじゃない！

明宏　仕事はどうしたの？

義人　気になって抜けてきた。母さんから聞いたぞ。明宏、お前、映画撮るって本気か？

明宏　本気だよ。

義人　明宏、狂ったか！

岩本が戻ってくる。

岩本　まあまあ、義人君も一緒にインフルエンザにならないか。楽しいぞお。
義人　恥ずかしい！　この御時世に恥ずかしいと思わんのか！
明宏　この御時世だから、作りたいんだよ。
義人　何!?
明宏　なにもかも壊してばっかりだからさ、なんか創らないと、なんていうか、世界のバランスがとれないと思うんだよね。
義人　何、訳の分からないこと言ってるんだ。さあ、戦場へ戻るんだ。
夏希　義人さん。水島君に映画を作らせて上げてください。
義人　夏希さん。いくら夏希さんの頼みでもこればっかりはダメです。映画なんか作ってたら、周りから何を言われるか。さあ、戦場に行くんだ。

義人、明宏に迫る。

瞳子　義人。やめて。
岩本　義人君。やめるんだ。
義人　今日も犬がよく吠えるな。さあ、戦場へ戻れ！

と、榎戸、入ってくる。

榎戸　そういうお前は、何故、戦場に行かない？
義人　え⁉
榎戸　水島陸士にだけ戦場に戻れというお前は、なぜ、戦場に行かない！
瞳子　どっから入ってきたの？
岩本　こんどこそ、壁抜けか？
榎戸　いえ、お風呂場の窓から。狭かったですね。なぜだ！
義人　あんたには関係ない。
榎戸　馬鹿者！　私は南部方面軍第8師団第12普通科連隊所属、榎戸三等陸尉である。口の利き方に気をつけなさい！
義人　陸尉……。将校でいらっしゃいますか。
榎戸　そうだ。私は幽霊だが将校だ。
義人　（階級章を見て）ですが、階級章は陸曹だと思うのですが。
榎戸　そこはちょっと待て。それで、君がここにいる理由はなんだ？　何故、君は戦場に行かないのだ？
義人　私は……。

榎戸　陸軍関係に勤めているのか？
義人　いえ。
榎戸　特殊な任務を担っているのか？
義人　いえ。
榎戸　では、なぜ、五体満足な君が戦場に行かず、ここにいるのだ？
義人　……。
榎戸　お前こそ、村一番の卑怯者なのか⁉
瞳子　義人は、心臓が悪いんです。
榎戸　心臓？
瞳子　徴兵検査ではFランクだったんです。
榎戸　Fランク⁉
瞳子　「心臓弁膜症」っていうんですけど、激しい運動ができないんです。本人はやる気満々ですし、とっても健康そうに見えるんですけどね。
榎戸　信じられん。健康そのものに見えるぞ。
瞳子　でも、ダメなんです。階段も5段上がったら、息が上がってしまって。胸が苦しくて動けなくなるんです。
榎戸　しかし、世間は納得しないだろう。これだけ健康に見えたら。
瞳子　ええ……まあ。

義人　それでも、私は毎日、国を応援する歌を歌っております。今日も、まず、ZARDの『負けないで』を歌ってから仕事を始めて、抜けてきました。
榎戸　うむ。発展途上のジョークだな。もう少し精進するように。
義人　いえ、私は真剣です。
榎戸　……。
夏希　打合せ続けましょう。時間がないんです。
明宏　はい。
義人　ダメだ！　明宏、戦場に戻れ！
明宏　兄ちゃん！
夏希　義人さん！
榎戸　ちょっと待て。どんな映画なんだ。
明宏・夏希　えっ？
榎戸　『ガンバレ祖国、戦え兵隊さん』っていう映画かもしれないじゃないか。それでも君は文句を言うのか？
義人　えっ……どんな映画なんだ？
明宏　『ロミオとジュリエット』を現代版にしたものなんだ。
義人　『ロミオとジュリエット』!?　明宏！　貴様、この非常事態に、そんなチャラチャラ舞い上がった設定の話を！

明宏　『ロミオとジュリエット』はチャラチャラした設定じゃないよ。対立する人々の話だよ。
義人　お前がロミオで、夏希さんがジュリエットなのか⁉
明宏　うん。でも、設定が同じだけで、
義人　うるさい！　さあ、戦場に戻れ！　ふざけるな！　恥を知れ！
明宏　兄ちゃん！
瞳子　義人！
夏希　義人さん！
岩本　義人君！

義人、明宏の手を取って部屋から連れ出そうとする。
抵抗する明宏。止める人々。
と、義人、急に胸を押さえて座り込む。

瞳子　義人！　大丈夫⁉
義人　……（苦しそう）
瞳子　横になろ。さ、隣の部屋に。雄ちゃん。

呼ばれた岩本、義人を支えようとする。

義人　うるさい！

　義人、その手を振り払って、倒れ込むように去る。

瞳子　義人！

　瞳子、追いかけて去る。

全員　……。
榎戸　では、水島陸士。中央統括本部に行こうか。
夏希　監督。先にロケハンの続き、しませんか？　私も一緒に行きます。
明宏　うん。そうだね。
岩本　僕は？
明宏　お父さんは、カメラの扱いに慣れといて下さい。あと、セリフを覚えて。
岩本　了解。ちょっと借りるね。

　岩本、カメラを受け取って去る。

夏希　では、監督。行きましょう。

榎戸、去りかける二人の前に立ち、

榎戸　水島陸士！　上官の命令が聞けないのか！　お願い。行って。行け！　頼む！　命令だぞ！　お願いします！　行け！　頼む！

土下座する榎戸。
が、明宏と夏希、黙って去る。

榎戸　ほら。突っ込んで。「すがるか脅すかはっきりして下さい」って。……（いないことに気付いて）どうして!?　なんで!?

と、夏希が入ってくる。
床に置いていた台本を取りに戻ったのだ。

榎戸　ん？　何？　忘れもの？　ねえ、夏希さん。夏希さんからも水島陸士に統括本部に行くように言って下さいよ。お願いだから。

夏希　……榎戸さん。

榎戸　なんです？

夏希　もし、水島君が中央統括本部で報告したら、お前は今何してるんだって聞かれると思うんですよ。

榎戸　それで？

夏希　そしたら、すぐにまた戦場に送られるでしょう。榎戸さんの事情も分かりますけど、中央統括本部には行けませんよ。

榎戸　……。

夏希、去る。
残される榎戸。
暗転。
すぐに声。

瞳子（声）　まだいるの!?　いい加減出て行かないと、不法侵入で警察、呼ぶわよ！

榎戸（声）　いいですよ。そしたら、水島陸士が戦場から逃げてきたって言い振らしちゃいますからね。

岩本（声）　そんなことしたら、ますます、明宏君は隊長のこと、証言しないと思うよ。

榎戸（声）　……私はどうしたらいいんでしょう。１、一緒に晩御飯を食べる。２、楽しく晩御飯を食べる。

瞳子（声）　３、すぐに出て行く。

榎戸（声）　（リアクション声）……榎戸隊長は途方に暮れ、そして日も暮れて、舞台は次の日。ライト、フェイド・イン！

9　準備3

明かりがフェイド・イン。

明宏の部屋。

夏希が「お楽しみ会」で使うような色紙をワッカにしてつなぎ合わせたリボンを壁に飾っている。

足元には紙袋。

と、幼稚園の制服を着た瞳子が登場。

瞳子　夏希さん。これでいいの？
夏希　すっごく似合ってます！　ちゃんと幼稚園の年長さんに見えます。
瞳子　そう？　コントになってない？
夏希　全然。
瞳子　そうかなあ……。

と、同じく保育園の制服を着た明宏、登場。

明宏　夏希さん、どうですかね、これ？
夏希　わあ、似合いますね。すっごく、保育園ぽいです。
明宏　そう？　母さんも似合うね。
瞳子　そうかなあ……。

岩本、幼稚園の制服を着て登場。

岩本　お待たせ。
夏希　岩本さん、すっごく、すごいです。
岩本　まだ納得できないんだけど。どうして、『ロミオとジュリエット』が、幼稚園なの？
明宏　恋をしたら理性がなくなって子供に戻るって言うじゃないですか。だから、その通りにしたんです。『さくらんぼ保育園』と『にわとり幼稚園』の対立の物語なんです。
夏希　ものすごく大胆な設定だと思います。
岩本　大胆すぎないかなあ。
瞳子　だったら、本当の子供にやらせた方がいいんじゃないの？
明宏　大人が恋をして子供に戻るんだから、大人がやらないとダメなんだよ。
岩本　そうなのかなあ……。

瞳子　私達、近所の頭のおかしい人に見えない？
明宏　大丈夫だよ、母さん。気力だよ。
瞳子　どの方向に気力を出せばいいの？
夏希　監督、じゃあ、飾りつけ、手伝ってもらっていいですか？

明宏、紙袋を覗いて、

明宏　夏希さん。すっごい。いっぱい、作ってくれたんだ。
夏希　まだまだ、足らないと思います。今晩、作ります。
明宏　でも、衣裳も作ってくれたんだよ。ちゃんと寝てます？
夏希　平気、平気。
瞳子　言ってくれたら、私も作るわよ。
夏希　ありがとうございます。さあ、飾りましょう。
岩本　ここを「お楽しみ会」の会場にするんだね。
明宏　そうです。ロミ男とジュリちゃんの出会いの場所です。

と、義人が登場。

義人　お前たち、人の部屋で朝から何をしてるんだ。
瞳子　義人、もめごとはいやだよ。
岩本　義人君。
明宏　僕の部屋でもあるだろう。
義人　なんだ、その格好は。
明宏　これは、その、
義人　明宏、お前は真剣に作品を作るつもりなのか？
明宏　なんだよ？
義人　夏希さんが参加するに相応しい作品にしようとしてるのか？
明宏　そんなこと兄ちゃんに言われる筋合いはないだろう。
義人　バカ野郎！　『ロミオとジュリエット』をこの人数でやるつもりなのか？　いくら、一人が何役もやっても限界があるだろう。
明宏　いいんだよ。
義人　よくない！　特に、ロミオの敵役（かたき）、ティボルトはどうするんだ？　彼がいるから悲劇が生まれるんだぞ。
明宏　それは……
義人　ティボルトはどこにいるんだ？
明宏　しょうがないだろ。

義人　ここにいる。

明宏・瞳子・岩本・夏希　えっ？

義人　ティボルトはここにいる。

明宏　兄ちゃん、やってくれるの？

義人　お前のためじゃない。夏希さんのためだ。（リボンを見て）まさか、ここを舞踏会の会場にしようとしているのか？

明宏　舞踏会じゃないんだ。「お楽しみ会」なんだ。

義人　「お楽しみ会」？　ここがお楽しみ会の会場なのか。

夏希　他にいい場所がなかったんです。

義人　私はミラーボールがある場所を知っている。

明宏・夏希　えっ？

義人　そこには、さまざまな色のついたライトもある。

夏希　そうか。そうです。監督、『ハッピー歌声広場』！

義人　美しいジュリエットに相応しい場所だ。

明宏　でも、けっこう借りることになるよ。高いんじゃや、

義人　そんなもの、いくらでもごまかせる。

夏希　監督！

明宏　兄ちゃん。

夏希　決定！
瞳子　（感激して）義人、お前って子は……。
夏希　義人さん、今日から部屋、飾れますか？
義人　もちろん。案内しましょう。台本をもらえるかな。
夏希　（瞳子と岩本に）すみません。リボン、剝がしてもらえますか。私、持っていくもの、整理します。
瞳子・岩本　はい。

夏希、去る。
瞳子、岩本、リボンを剝がし始める。明宏は台本を義人に渡す。

明宏　兄ちゃん、でも、ティボルトじゃないんだ。「にわとり幼稚園」の年中組のチュボっていう名前なんだ。
義人　チュボ？
明宏　『にわとり幼稚園』と『さくらんぼ保育園』の闘いなんだ。
瞳子　義人もこの格好するんだよ。
義人　えっ？
瞳子　もう逃げられないからね。

義人　……。

瞳子　夏希さんにサイズ、計ってもらった方がいいね。さ。来なさい。

瞳子、義人を促して去る。

榎戸（声）　おーい、水島陸士。

明宏、声のする方向を探して、窓を開けるアクション。

明宏　榎戸隊長、どうしたんですか⁉

榎戸（声）　台所の小窓から入ろうとしたら、挟まっちゃったんだよ。動けないんだ。助けてくれー！

明宏　……。

榎戸（声）　水島陸士！　全然、動けないんだ！　クマのプーさんの気持ちがすっごくよく分かるぞ！

岩本、明宏の開けた窓をさっと閉めて、

岩本　明宏君、演技の基本を説明してくれないか。

明宏　え？

岩本　カメラはなんとかなりそうなんだが、演技がどうにも。
榎戸（声）　おーい！　水島陸士！
明宏　分かりました。

暗転。

榎戸（声）　暗転はダメだあー！　すっごく痛い！　鎖骨がすっごく痛い！（犬の吠える声）痛い！
咬まれた！　お尻を咬まれた！

10　撮影1

暗転の中、声が聞こえる。

夏希（声）　それじゃあ、シーン1、カット1、「お楽しみ会」のロミ男とジュリ、いきます。監督、いいですか？

明宏（声）　いくよー！　よーい、スタート！


その瞬間、音楽。

カラオケ室内。

派手な明かり。ミラーボール。

手作りのリボンや紙の花。つまりは「お楽しみ会」の装飾。『にわとり幼稚園　お楽しみ会』という文字も見える。

まず、「お楽しみ会」に紛れ込んだ保育園児の服装をした明宏（ロミ男）が登場。

それを、幼稚園児の服装をした岩本がムービーカメラで撮っている。

続いて、幼稚園児が着るような派手なステージ衣裳に着替えた夏希（ジュリ）が、ステージに登場。可愛い踊り。

見つめる明宏。

岩本、夏希にカメラを振る。

楽しく踊る夏希。

その瞬間は、明宏、監督の顔になり、カメラの横に立つ。

そして、音楽が盛り上がると、幼稚園児の服装をした瞳子、義人が出てきて一緒に踊る。

岩本は、カメラを三脚に立てて、踊りに参加。

と、やがて、14世紀の衣裳に派手な仮面をつけたマキューシオのつもりの榎戸が出てきて、一緒に踊る。

しばらくして、みんな気付く。

明宏　カット！　カット！

夏希、リモコンで音楽をとめるアクション。音楽、止まる。

岩本もカメラのスイッチを止める。

明宏　榎戸隊長！　何やってるんですか！
榎戸　何じゃないだろ！　みんな家、いなくなるんだから。やっと入れたのに、俺一人じゃ、怖

明宏　いだろ！　幽霊でも出たらどうするの!?　あ、俺か。で、いつ終わるのよ。
榎戸　えっ？
夏希　撮影。いつ、終わるの？
榎戸　三日で撮って、二日で編集して、五日後に完成披露試写の予定です。
明宏・夏希　五日か。じゃあさ、俺、協力するから。
榎戸　えっ？
瞳子　人数、多い方が早く終わらない？　パパッと撮って、完成させよう。
榎戸　その格好はなに？
　　　マキューシオだよ。わざわざ、『ロミオとジュリエット』検索してストーリー、調べたんだから。ロミオの親友、マキューシオ。
義人　美味しい役、選んだな。
榎戸　だからさ、完成したら、中央統括本部に行ってくれよ。
明宏　完成したら、僕はもう成仏してこの世にいませんから。
榎戸　うん。分かった。そういうことにしとこう。
夏希　榎戸さん。台本、お渡しします。それと、服が違うんで、着替えて下さい。
榎戸　違う？　地味だった？
瞳子　もう服ないでしょう？
夏希　予備で何着か昨日、作ったんです。大丈夫です。

岩本　夏希さんは本当に働くね。
夏希　それが衣裳兼助監督兼制作の仕事ですから。

明宏、榎戸に台本を渡しながら、

明宏　榎戸隊長は、マキューシオじゃなくて、マキ男(お)っていう役です。
榎戸　マキ男？
夏希　じゃあ、トイレで着替えて下さい。衣裳、渡します。どうぞ。

夏希、榎戸を導いて去る。

岩本　（明宏に）どうする？
明宏　先に、ロミ男を「お楽しみ会」で見つけたチュボのシーンから行きます。
義人　俺のシーンからか。
明宏　カメラは僕が。じゃあ、行きますね。

明宏、カメラを義人に構える。

義人　よし、こい。

明宏　（カメラを覗きながら）よーい、スタート！

義人　おお！　あいちゅは『ちゃくらんぼ保育園』のロミ男じゃねーか。なんで、『にわちょり幼稚園』の「おちゃのしみ会」にあいちゅが来てるんだ。ちょも稼ぎの保育園ヤローが、チェレブの『にわちょり幼稚園』に遊びにくるなんて、身のほじょ知らずにもほじょがある。うむむ。ゆるちぇん。……これでいいのか？

明宏　うん。兄ちゃん。その感じ！

岩本、義人に近づく。

岩本　どうちた、チュボ。

義人　……。

岩本　お。あいちゅは、『ちゃくらんぼ保育園』のロミ男じゃねーか。

義人、突然、カメラの横で見ていた瞳子の手を取り、引っ張り込む。

義人　年長組のあねさん。ロミ男ですぜ。あいちゅ、『ちゃくらんぼ保育園』のくせに、おれちゃちの「おちゃのしみ会」にきやがって、おれちゃちをバカするちゅもりなんだ。

岩本　チュボ……

瞳子、参加するかどうか一瞬迷うが、明宏が「お願い！」という視線を送る。
それを見て、

瞳子　まあ、おちゅちゅけ、チュボ。相手にちゅるな。あいちゅは立派に年中さんらしく振るまっちぇるじゃないか。

義人　しかし、ちょも稼ぎの保育園ヤローですよ。

瞳子　ガマンちゅるの。それが、年長組の意見よ。（と、岩本を引っ張り込み）わちゃしちゃし二人の意見をちょんちょーするちゅもりがあるなら、微笑みなちゃい。「おちゃのしみ会」には相応ちくない顔よ。

義人　だけど、

瞳子　ガマンちゅろ！『にわちょり幼稚園』の月に一回の「おちゃのしみ会」をムチャムチャにするちゅもりなのかい！　年中組なのに、年長さんの意見を聞けないのかい？

義人　くちょう。無理やりの忍耐に体はふるえるばかり。じぇったいに、ひどい目にあわちぇてやる。

明宏　カット！　オッケー！

義人　どうだ!?　俺、どうだ？

夏希　素敵でした。
義人　ほんと!?　俺、素敵！
岩本　……。

喜ぶ義人。
複雑な顔の岩本。瞳子が体に触れて（背中など）慰める。

明宏　それじゃあ、「お楽しみ会」に紛れ込んだロミ男とマキ男、行きます。榎戸隊長、いいですか？

榎戸、保育園服に着替えて出てくる。

榎戸　さっきの服の方が、全然、いいと思うんだけどなあ。
夏希　榎戸さん、このシーンのセリフは入りましたか？
榎戸　えっ、うん。俺、記憶力すごくいいから。
夏希　じゃあ、行きますね。
榎戸　よし、パパッと終わらせよう。
夏希　「お楽しみ会に」に忍び込んだロミ男とマキ男。岩本さん。

岩本、カメラを構えて、

岩本　大丈夫だ。

明宏　よーい、スタート！（ロミ男になって）「おちゃのしみ会」にどんなおちゃのしみがあるというんだ……。

榎戸　ロミ男、ゴウゴウ！

夏希　カット！　榎戸さん、ちゃんと台本通り、言って下さい。

榎戸　台本通り？　だって、要約すると、こういうことだろ。

夏希　セリフは要約しちゃいけないんです。

榎戸　その方が早く終わるよ。

明宏　ちゃんと言ってくれないと、明日、中央統括本部に行って、榎戸隊長は敵前逃亡したって言いますよ。

榎戸　ものすごいこと言うね、お前。

夏希　もう一回、行きます。

明宏　よーい、スタート！（ロミ男になって）「おちゃのしみ会」にどんなおちゃのしみがあるというんだ……。

榎戸　どうした、ロミ男。ちゅつまらなそうな顔をちて。『にわちょり幼稚園』の「おちゃのし

明宏　み会」だお。にこにこわーいわーいじゃないか。
ちょれはちょうかもしれないけど……。

音楽がなって、ステージに夏希が立つ。夏希の両サイドには瞳子と義人。
榎戸、引き寄せられ、

榎戸　お！　あの子、ムチャクチャ、かわゆい！　『にわちょり幼稚園』のヒロインじゃねー!?

榎戸、夏希の前に立つ。

榎戸　（瞳子に）ねえ、センターの子の名前は何？
瞳子　ジュリちゃん。あたしの名前は、
榎戸　（無視して）ジュリちゃん！

岩本もまた三脚にカメラを固定して、踊りの中へ。
踊っている途中で、明宏と夏希の視線が会う。
その瞬間、世界は止まる。
瞳子、岩本、義人はストップモーション。

見つめ合う明宏と夏希。

が、榎戸はジャンプ。

榎戸　ジュリジュリジュリチャ～ン！　にわちょりエンジェルＪＵＬＹ（ジェイユーエルワイ）ジュリジュリジュリチャ～ン！

全員（榎戸以外）　カット！

榎戸　誰だ！　間違えたの、誰だ！

義人　……誰から突っ込む？

明宏　榎戸隊長。すみません。ロミ男とジュリが見つめ合った瞬間、ストップモーションして下さい。

榎戸　どうして？

瞳子　一目惚れの瞬間、世界は止まって、二人だけの世界になるの。大恋愛の始まりよ！

榎戸　えー、自分たちの都合で周りを止めるの？　ワガママなカップルだなあ。バカップル？

岩本　撮影を早く終わらせたいんじゃないの？

榎戸　気持ち優先でしょう。マキ男は、ジュリちゃん見て、興奮してるんだから。

明宏　じゃあ、ロミ男とジュリだけで撮ります。他の人は楽にしといて下さい。

全員　（返事）

榎戸　なんか、役者として納得できないなあ。リアリズムだよ。魂の響きだよ。

明宏　行きます。よーい、スタート！

二人だけに明かりが当たる。
カメラは岩本。明宏をメインに狙っている。
見つめ合う二人。

明宏　ロミ男は君がちゅきになりました。
夏希　えっ？
明宏　ロミ男はカレーより君がちゅきだ。
夏希　ありがとう。
明宏　ロミ男はハンバーグより君がちゅきだ。
夏希　ありがとう。
明宏　ロミ男はガリガリ君ソーダ味より君がちゅきだ！
夏希　ありがとう。
明宏　君は？
夏希　私は、
明宏　私は？
夏希　ゆっくりと、

明宏　ゆっくりと？

瞳子がやってくる。

瞳子　ジュリちゃん、園長ちぇんちぇいが呼んでるよ。
夏希　はい。

夏希、去る。

明宏　（瞳子に）ちゅみません。あの子は誰？
瞳子　ジュリちゃんをちらないの？　『にわちょり幼稚園』のアイドル、「おちゃのしみ会」のヒロインよ。
明宏　な、なんと!?　あの子がジュリちゃん！
夏希　カット！……で、いいですね？
明宏　はい。じゃあ、今のシーン、もう一回やります。お父さん、今度は夏希さんメインで撮って下さい。
岩本　了解。

夏希に明かりが集まる。

夏希　（語り部のように）順調に「お楽しみ会」のシーンを撮り終え、続いて、シーン２、廊下。
（口調を変えて）撮影場所、移動します！

明宏　母さん、兄ちゃん、隊長は待ってて下さい。

三人　（それぞれに返事）

三人、いなくなる。
そこは、廊下。

明宏　じゃあ、お父さん、行きます。

岩本　（カメラを構えて）いいよ。

明宏　夏希さんは、壁にもたれてて。よーい、スタート！

夏希　ああっ、あのちとをちっている。あのちとは、『ちゃくらんぼ保育園』のロミ男君。どうして、どうしてこんなに気になるの。ダメダメ、ジュリ。わたち達『にわちょり幼稚園』とは敵同士。だめ。ちゅきになってはいけないの。

明宏、登場。

明宏　聞きましちゃ。
夏希　聞いちゃ？
明宏　聞きましちゃ。
夏希　どうちて！　あたち、真っ赤よ！
明宏　でも、聞きましちゃ。
夏希　聞かれちゃ以上、いいましゅ。私はあなたのことが井村屋のあずきバーよりちゅきです。こんなこと、自分から言うからはちたない女って思わないで。もうわたちの心を聞かれたから言っているだけ。私はもう、恥ずかしさでちにそうよ。
明宏　ああ、なんというやさしいお言葉。ジュリちゃん。
夏希　はい。
明宏　結婚しましょう。
夏希　結婚!?
明宏　結婚が金銭や肉欲や世間体や家柄に毒される前に、５歳の年中さん同士の間に結婚ひまひょう。
夏希　はい。

二人、ハグする。

岩本　カット！……で、いいんですね？
明宏　はい。ありがとうございます。
夏希　監督。映像、チェックしますね？
明宏　はい。

明宏、岩本からカメラを受け取り、戻し再生して、画面を見てチェックし始める。
岩本も、それを見る。

夏希　じゃあ、昼食休憩にしましょう。おにぎり、作ってきましたから、みなさん、どうぞ。

瞳子、義人、榎戸が出てくる。

瞳子　えー、夏希ちゃんが作ったの？
夏希　はい。撮影の進行が見えなかったんで。おにぎりがいいかなって。
義人　ほお、夏希さんが握ってくれたんだ。
榎戸　いやあ、朝から動くと、お腹ペコペコですね。

義人、榎戸、夏希が置いたバッグから出したおにぎりを受け取り、それぞれに腰を下ろし、食べ始める。

明宏　（画面を見て）お父さん、いいじゃないですか。

岩本　（嬉しそう）そうかな。

明宏　昼食のあと、今度は、夏希さんワンショットで狙って下さい。

岩本　分かった。

夏希　監督と岩本さんもどうぞ。（と、おにぎりを渡そうとする）

岩本　ありがとう。手、洗って来る。

明宏　（おにぎりを受け取り）ありがとうございます。

岩本、去る。

瞳子　言ってくれたら、私も作るからね。寝る時間、なかったんじゃないの？

夏希　いいんです。なんか、眠るの、もったいなくて。

榎戸　うん。うまい。このおにぎりはうまい。（と、バクバク食う）

義人　隊長、死んでますよね。

榎戸　はい。全力で死んでます。じつにうまい。あと、3個食べてもいいですか？

夏希　はい。どうぞ。

明宏も、少し離れた場所に座って食べ始める。

瞳子　3個食べたら、夏希さんの分、なくなるんじゃないの？
夏希　大丈夫です。
瞳子　がんばりすぎないでね。
夏希　えっ。
瞳子　力がすごく入ってるのも、サバサバ・キルトが原因なの？
夏希　……。
瞳子　ごめんね。余計なこと言った。
夏希　……映画研究会のミーティングがあったんです。私、遅刻しちゃって。そしたら、部室、直撃弾受けて。私が行った時には、なにも残ってなかったんです。みんな真面目に時間を守ったから死んで、遅刻した私が生き延びたんです。私、みんなの分、がんばろうと思ってるんです。
瞳子　そう。……ありがとう。
夏希　えっ？
瞳子　明宏の映画のためにがんばってくれて。

夏希　そんな。

明宏　（全体に）昼食後は、今のシーンをもう一回やって、シーン3、小学校のグラウンドに移動します。

瞳子・義人・榎戸　（それぞれに返事）

夏希　小学校のグラウンドは、許可を取ってないんでゲリラです。とっととやって、逃げます。

11　撮影2

明かりが変わって、全員が去り、小学校のグラウンドになる。
岩本が小学校3年生の半ズボン姿で登場。
見えない相手とドッヂボールをしている。

岩本　おらおらおらー！　当たったよー！　当たったたってー！

明宏が登場。
カメラを構えた夏希。

明宏　進布さん。

岩本　おう。『さくらんぼ保育園』のロミ男じゃないか。ちょっと待ってろ。（相手に）ごめん、進布、抜けるわー！（自分の胸の名札を指して）「進む」に「布」と書いて、「しんぷ」と読む小学3年生の俺に何か用か？

明宏　僕ね、今、『にわちょり幼稚園』の「おちゃのしみ会」に行ったの。

岩本　『にわとり幼稚園』!?　そんなとこ行って大丈夫なのか。
明宏　ダメだった。
岩本　どうなった!?
明宏　僕、『にわちょり幼稚園』のジュリちゃんに恋をした。
岩本　なに!?
明宏　ジュリちゃんも僕のことを好きだって言っちぇくれた。
岩本　ちょ、待てよ。ジュリちゃんて、『にわとり幼稚園』のアイドルの、この小学校にもファンがいる、みんなが好きなジュリちゃんか?
明宏　そう。僕達、結婚するの。
岩本　早いな、おい。
明宏　急ぐの。愛が壊れてしまわないうちに。
岩本　しかし、よりによってジュリちゃんかよ。
明宏　そう。進布さん。お願い。僕達がうまくいくようにたちゅけて欲しい。
岩本　だけど……いや、分かった。うまくいけば、この恋、『さくらんぼ保育園』と『にわとり幼稚園』の長年の対立を消し去るかもしれない。
明宏　えっ?
岩本　俺はずっと、この対立に心を痛めていたんだ。よし、がんばってみるか。
明宏　進布さん。ありがとう!

明宏、岩本に抱きつく。

夏希　カット！……ですね。

明宏　はい。映像、チェックして、次はお父さんのワンショット、押しで。

夏希　了解です。

夏希に明かりが集まる。

夏希　（語り部のように）ゲリラ撮影をとっとと終わらせて、次はシーン4。場所は公園。ここも、許可なしのゲリラ撮影。

そこは公園となる。

明宏　それじゃあ、シーン4。チュボとマキ男の決闘。いきまーす！　よーい、スタート！

カメラは岩本。
夏希、瞳子も離れて見ている。

マキ男、登場。
と、チュボ。

義人　あららあ、これはこれは、『ちゃくらんぼ保育園』のマキ男じゃねーか。ちゅーおー公園は、『にわちょり幼稚園』のナハバリだって言っちぇるだろう。

榎戸　うー、やられたあ。

と、倒れる。

明宏　カット！　榎戸隊長、なにしてるんですか？

榎戸　だって、早く撮影終わらせたいじゃないか。要約すると、俺がやられるんだろう。

明宏　ダメですよ。途中が大切なんですから。

榎戸　結論だけでいいじゃん。間違ってないんだから。

夏希　監督。明日、中央統括本部に行って、榎戸さんの敵前逃亡、報告して下さい。

明宏　分かった。

榎戸　よし、やろう。大切なシーンだから、みんな気合入れてよ！

明宏　よーい、スタート！

榎戸　おう！『にわちょり幼稚園』のチュボだな。ここはみんなの公園だ。おまえだけの公園

義人　じゃねー。

榎戸　なんぢゃとお。ほら、弱虫は出て行け。（と、榎戸の肩を押す）

明宏　！……なにそれ、台本に書いてあった？（と、思わず明宏を見る）

義人　（小声で）アドリブ、アドリブ。

榎戸　ここは、弱虫が来る場所じゃないんだよ。

……お前の方が弱虫だよ。

と、榎戸、義人の肩を押し返す。少し、強め。

義人　うるちゃい。弱虫はお前だ。

と、義人、さらに強く押す。

榎戸　……お前、やる気だなあ。

と、榎戸、さらに強く義人を押す。

義人　ふじゃけるなあ。

義人、強く押す。榎戸、吹っ飛ぶ。

榎戸　やったなーー！

榎戸、両手をぶん回して子供のようなファイティングスタイル。

と、ロミ男が登場。

明宏　マキ男。やめるんだ。

義人　これはこれは、やっと俺の敵が来ちゃか。

榎戸　俺の敵ってなんだ、お前の敵は、俺だー！

明宏　マキ男、やめちぇくれ。

榎戸　ロミ男、ひっこんでくれ。こいちゅの相手は俺なんだ。

義人　ザコには用はない。さあ、こい、ロミ男。

榎戸　ザコ⁉　ザコって言った⁉　お前なんか口だけじゃないか。

明宏　チュボ。事情があって、お前を愛さなければいけなくなった。いや、『にわちょり幼稚園』全体を私は愛ちゅる。

義人　ふじゃけたことをいうな。さあ、剣をちょれ。

と、夏希、木の枝を二本、義人の足元にさっと投げる。
義人、それを二本取り、一本を明宏に放り投げる。
榎戸、それをサッと拾い、

榎戸　お前の敵は俺だと言っちぇるだろう！　さあ、来い！　あっちょんぶりけ！
義人　お前は何をいっちょるんだ？
明宏　マキ男、早く終わらせたいんだろう。ここは俺に任ちぇるんだ。
義人　そうだ。ザコにはもう用はない。
榎戸　うるちゃい！　みんな言ってるぞ。『にわちょり幼稚園』のチュボは口だけだって！　本当の弱虫だって！
義人　俺はロミ男に用があるんだ！　腰抜けはどけ！
榎戸　みんな言ってるぞ。本当はお前は元気なんだって！　だけど、怖いから、口先だけだって！
義人　何⁉
榎戸　元気なのに、臆病だから戦場に行かないって、みんな言ってるぞ！
瞳子　なんてことを……
榎戸　お前なんか口だけじゃないか！　弱虫！　恥ずかしくないのか！

義人　うるさーい！

義人、榎戸に木の枝で挑む。
激しい闘い。
やがて、榎戸、したたかに胴を打たれて倒れる。

榎戸　（苦痛の悲鳴）
明宏　隊長！
夏希　大丈夫ですか⁉
義人　問題ない！　ストーリー通りだ。チュボがマキ男を倒した。明宏、次のシーンだ！
明宏　（戸惑い）えっ……。

義人は激しく肩で息をしている。心拍数が上がり、呼吸が苦しいのが分かる。

榎戸　痛い！　すっごく痛い！　病院⁉　病院はどこ⁉
瞳子　この公園のすぐ裏が病院よ！
榎戸　行ってくる！（肋骨辺りを触って）これ、折れたよ！　絶対に折れたよ！

榎戸、去る。

夏希　私、付き添ってきます！

夏希も去る。

義人　明宏！　次のシーンだ！　ロミ男との決闘！　物語の最初のクライマックスだ！　続けないのか！

明宏　分かった。

明宏、榎戸の握っていた木の枝を拾い、義人と向き合う。
岩本、カメラを構える。
義人、いきなり切りかかる。
防戦する明宏。
しばらくして、義人が何もしないのにがっくりと倒れる。

瞳子　義人！

明宏　兄ちゃん！

瞳子　ダメ！　撮影中止！
岩本　義人君！
瞳子　なんで、こんなムチャしたの！　救急車！
岩本　この地区にはもう、救急車は残ってないと思う。
瞳子　じゃあ、病院に連れて行こう！　雄ちゃん！
岩本　分かった！

岩本、義人の手を肩に回そうとする。義人、それを拒否する。

瞳子　義人！
明宏　僕が。

明宏、義人の肩に手を回し、連れて行こうとする。
が、義人、その姿勢で動くことを拒否する。

明宏　兄ちゃん。
義人　……病院はいい。行っても言われることはいつも同じだ。そこのベンチで横に……ならせてくれ。

瞳子　義人！
義人　さあ、撮影を続けろ。今のシーンはオッケーなのか？
明宏　えっ……。
義人　撮り直しか？　監督、どうなんだ？

明宏、岩本を見る。

岩本　（うなづく）
明宏　撮れたと思う。足らなかったら、明日、撮り足せばいいから。
義人　じゃあ、撮影を続けろ。俺のせいで中止にするな。ベンチへ。寝たら大丈夫だ。

明宏、義人を連れて去る。
瞳子、岩本、見つめる。
夏希が戻ってくる。

夏希　どうかしたんですか？
岩本　ああ。……榎戸隊長は？
夏希　今、レントゲン、撮ってます。

瞳子　レントゲン。
夏希　何があったんですか？　義人さんは？
瞳子　それがね、

夏希に明かり。

夏希　（語り部のように）それから、シーン5、ロミ男のしたことを知って嘆き悲しむジュリのシーンを公園の片隅で撮影。
瞳子　ドンクライ、ドンクライ、ジュリちゃん。
夏希　（語り部のように）ベンチで寝ている義人さんを置いていけないので、シーン6、ロミ男と進布さんの会話も、公園の別場所に変更して撮影。

岩本のカメラを夏希が受け取り、構える。

明宏　進布さん、僕、僕、
岩本　聞いた。チュボは重傷。お前は、『さくらんぼ保育園』を強制退園。どうして、どうして、そんな愚かなことを。
明宏　僕、もう、この辺りで遊べない。ジュリちゃんにも会えない。

岩本　今は待て。どうするか、俺が考える。

瞳子が入ってくる。派手なカチューシャか何かを頭に。

瞳子　ハーイ！　私、『にわとり幼稚園』の年長組のウーバ、言います。マイネームイズ・ウーバ。フィリピンとのダブルね。ハーフって言わない。セイ、ダブル。

明宏・岩本　ダブル。

瞳子　グー。ジュリちゃんからのメッセージ、アイハブ。

夏希　（語り部のように）そして、シーン7、ロミ男とジュリの束の間の再会。場所は、公園のトイレの裏。

夏希のカメラを岩本が受け取り、構える。

明宏　僕は行かなきゃ行けない。

夏希　どこに行くの？

明宏　アライグマ保育園。

夏希　アライグマ保育園！　どこにあるの⁉

明宏　電車で40分ぐらい。

夏希　そんなにちょおくに。いや、そんなのいや。
明宏　僕だって、やだ。
夏希　どこにも行かないで。
明宏　僕だってどこにも行きちゃくない。

と、瞳子（ウーバ）がやって来る。

瞳子　ジュリ！　ハリーアップ！　パパ、ママ・イズ・カミング！　ベリーニアー！　ベリーベリーデンジャラス！
夏希　そんな！
瞳子　ラン！　ジュリ！　ラン！　ラン・フォー・ユア・ペアレンツ！
夏希　いや、私はここを離れちゃくない！
瞳子　イフ・ソウ、ロミ男、見つかる。ベリー・バッド。ロミ男、ヒップ、ペンペン！
明宏　それでもいい。
夏希　ダメ。行っちぇ！　ロミ男ちゃん、行っちぇ！　さあ、早く！
明宏　ちゃようなら、ちゃようなら。僕のいちしい人。
夏希　まちゃ、会えるかな？
明宏　もちゃろん。そのちょきには、今の苦しみは笑い話になるよ。ちゃようなら。

夏希　ちゃようなら！　ちゃようなら！
瞳子　フェアウェル！　グッバーイ！　ソーロング！
夏希　（語り部のように）シーン8。暗くなってきたけれど、薄暗い公園でジュリと進布さん。得体の知れないクスリをもらうジュリ。

明宏がカメラを構える。

岩本　これは、中学の先輩からもらった「脱法ドラッグ」改め「危険ドラッグ」だ。
夏希　「脱法ドラッグ」あらため「危険ドラッグ」。
岩本　これをお湯で煮出して飲めば、体温がどんどん下がり、体が冷たくなり、死んだようになる。
夏希　死ぬ⁉
岩本　だが、ちょうど42時間後に目が覚める。今晩12時に飲めば、明後日の夕方6時、ジュリちゃんのお通夜の真っ最中だ。
夏希　おちゅや。
岩本　お葬式の前にやることだ。そこに、ロミ男を行かせる。
夏希　そちて？
岩本　ロミ男がジュリちゃんの名前を叫ぶ。その時、奇跡が起こる。ジュリちゃんはロミ男に呼ばれたから目が覚めたと叫ぶんだ。

夏希　そちたら？

岩本　ロミ男は、君のパパやママから感謝される。チュボを傷つけてしまったのも、君を愛し、『にわとり幼稚園』のみんなと仲良くしたかったからだって事情を説明する。そして、二人は幸せになる。

夏希　……やる。私、やる。ありがちょう。ありがちょう、進布さん！　私、きっとうまくやります！

夏希、岩本に飛びつく。

明宏　カット！　今日の撮影は以上です！

瞳子・岩本　（溜め息）

夏希　お疲れさまでした！　すごいです！　予定以上に撮れました。

明宏　みんなの演技が素敵だからです。

岩本　いや、なんか演技って不思議だね。自分じゃないんだけど、自分なんだよね。なんか、自分が出るっていうか。

瞳子　雄ちゃん、とっても楽しそう。

義人が登場。

義人　撮影は終了?
夏希　はい。大丈夫ですか?
瞳子　義人、体調はどう?
義人　うん。寝てたらずいぶん楽になった。
明宏　じゃあ、家に戻りましょう。夏希さん、家で一緒にごはん食べませんか?
瞳子　ええ。ぜひ。
夏希　いいえ、明日の撮影の準備がありますから。ここで失礼します。
瞳子　食べてよ。なんだか、夏希ちゃんだけ働かせて悪いわ。
夏希　それが、助監督兼制作兼衣裳の仕事ですから。

と、榎戸が戻ってくる。

榎戸　撮影は、終わったの?
明宏　はい。ちょうど、今。
夏希　榎戸さん、大丈夫でした?
榎戸　いやあ、レントゲン、撮ったら、肋骨にヒビ入ってた。

明宏　ヒビ⁉
榎戸　だから、ちょっと横になってた。あ、でも大したことないって。
瞳子　榎戸さん、幽霊ですよね。
榎戸　そうだよ。幽霊でも骨折ぐらいするだろ。
岩本　聞いたことないなあ。
義人　死んでないんじゃないの？
榎戸　えっ？
義人　明宏が言うように、逃げ出したんじゃないの。
榎戸　戦場で戦ったことがない奴に言われたくないね。
義人　なに⁉
榎戸　やるかあ⁉　今日は油断したけど、次はマキ男はチュボに勝つからなあ。
夏希　じゃあ、監督、明日も8時から準備開始します。
明宏　はい。
瞳子　明日の喪服は、こっちで用意できるからね。
夏希　ありがとうございます。それじゃあ、失礼します。

夏希、二本の枝とかいろんなものが入った大きなカバンを持って去る。

義人　夏希さん、本当にがんばるねえ。
岩本　がんばり過ぎてるかもしれない。
瞳子　明宏、大切にしなさいよ。
明宏　うん。夏希さんの魅力をちゃんと作品に込めるから。
瞳子　そういう意味じゃないのよ。
明宏　なに？
義人　大丈夫だ。夏希さんは、俺が大切にする。
明宏　えっ？
義人　お前が戦場に戻ろうと、映画を作って成仏しようと、夏希さんは俺が大切にする。
明宏　兄ちゃん。
瞳子　さ、みんな、家に帰りましょう。晩御飯、晩御飯。

瞳子、去る。義人も続く。
榎戸、さっと明宏に近づき、

榎戸　水島陸士、大丈夫だ。兄ちゃんは激しい運動ができないんだから、夏希ちゃんは絶対に安全だ。ふはははははっ。

と、意味不明な笑いと共に去る。

明宏　はあ……。

と、岩本が近づく。

岩本　明宏君、明日のシーンで、進布さん、逃げ出すよね。
明宏　えっ？
岩本　ジュリちゃんの意識が戻らなくて、ロミ男が混乱している時、逃げ出すよね。あれって、どうにかなんないのかな？
明宏　どうにかって？
岩本　いや、原作通りなんだっけ？
明宏　はい。『ロミオとジュリエット』でも、神父は墓場から二人を置いて逃げます。
岩本　そうかあ。原作も逃げるのかあ。
明宏　なんですか？
岩本　いや、なんで逃げるのかなって。
明宏　逃げないと、ロミオとジュリエットの二人だけになりませんからね。
岩本　そうかあ。逃げるのかあ……。

12　夜

瞳子の登場と共に、そこは、水島家のリビング（食卓）になる。
瞳子は、幼稚園服にエプロン姿。

瞳子　お待たせしました！　なんと、今晩は焼き肉！

義人、榎戸も出てくる。
明宏、岩本はそのまま会話に参加する。

義人　焼き肉！　母さん！　よく手に入ったね。
瞳子　ママの闇ルートをなめちゃあ、いけないよ。

ホットプレート（か、鉄板）に、実際の焼き肉が並べられる。
岩本や他の人間が動いて、テキパキと準備される。
肉を置くと、実際に焼ける。

岩本　いやあ、焼き肉なんて何カ月ぶりだろ！

瞳子　何の肉かはよく分からないんだけど、たぶん、大丈夫よ。

全員　！

明宏　母さん……。

瞳子　平気、平気。ようく焼いたら問題ないって。ウエルダンね、レアはダメよ。

榎戸　うーん、いい匂いだ。今日、一日、ギャラもないのに働きましたからねえ。

瞳子　午後は病院にずっといたでしょ。

榎戸　いっただきまーす！

義人　ちょっと待て！　肉は、いちにいさんし（と素早く数えて）、5人で割ると、一人、四切れまでだからな。

榎戸　一切れの大きさに結構バラつきがないか？

明宏　うん。確かに違う。

義人　一切れが大きすぎたり小さすぎると感じる場合は、謎肉（なぞにく）審議委員会を開く。

榎戸、大きめの肉をひとつ、箸でつまみ、

榎戸　じゃあ、これは？　一切れ？　二切れ？

義人　明らかに大きいから二切れ！
榎戸　意義あり！　水島審議員の意見は？
明宏　えっ、それは、一切れ半。
義人・榎戸　半てなんだよ、半て！
義人　中途半端な妥協するなよ！
榎戸　若さがないんだよ！　若さが！
瞳子　落ち着きなさい！　あんた達、まるでバカ三兄弟みたいよ。
義人　バカは余計でしょう。
瞳子　だって、大家族みたいよね、雄ちゃん。
岩本　えっ……そうだ！　大事な仕事があったんだ。会社に行かないと。
瞳子　えっ⁉　今から⁉
岩本　すっかり忘れてた。すまん、すまん。
瞳子　ちょっと待って。

岩本、止める瞳子を乱暴に押し退ける。
明宏、近づき、

明宏　お父さん。今日はカメラ、ほんとにありがとうございます。一緒に食べましょうよ。ささっと食べれば、30分ぐらいじゃないですか。それぐらい、問題ないでしょう。ねえ、母さん。

瞳子　そうですよ。

明宏　ねえ、兄ちゃん！

義人　……。

明宏　兄ちゃん！

義人　（あいまいにうなづく）……

明宏　さあ、座って、座って。

明宏、岩本をテーブルにつかせる。

岩本　いや、俺は……

明宏　母さん。ビールとか、ないの？

瞳子　ある！　一本、隠してるのがある！

榎戸　ホントですか⁉

瞳子　闇で買った奴がある。ちょっと待ってて！

瞳子、ダッシュで去る。

明宏　お父さん。明日も、よろしくお願いします。
岩本　ああ、もちろん……
明宏　映像、ものすごくいい感じです。昔、結構、撮ってたんじゃないですか？
岩本　え、まあ……

瞳子、ビンビールを一本、持ってくる。

瞳子　お待たせ！　さあ、乾杯よ！　乾杯！

瞳子、手早く、コップを5つ配り（榎戸と明宏が手伝う）岩本、義人、明宏の順に注ぐ。

瞳子　（注ぎながら）高かったのよ。大切な日に飲もうと思って、冷蔵庫の奥に隠してたの。
榎戸　ビールかあ！
瞳子　今日飲まないと、いつ飲むのって感じよね！
榎戸　ビールだあ！

瞳子、自分に注ぎ、最後に榎戸に注ぐ。ただし、榎戸の分はほとんど残ってない。

瞳子　お待たせ。さあ、乾杯よ。

瞳子、グラスを掲げる。
全員、掲げる。ただし、義人はためらう。

瞳子　義人。
明宏　兄ちゃん。

義人、しぶしぶ、グラスを掲げる。
瞳子、明宏、榎戸は感動する。

瞳子　明宏。（と、うながす）
明宏　それでは、撮影の成功と、
瞳子　家族の幸せを祈って、

全員（岩本以外）が、「乾杯！」と言おうとした直前、いきなり、岩本が、

岩本　うおおおおお！

と、叫び、手に持ったビールをホットプレート（鉄板）の上にぶちまける。
激しく蒸発するビール。水蒸気が舞い上がる。

全員　（口々に反応）

岩本、大声で叫びながら走り去る。

瞳子　雄ちゃん！

瞳子、思わず、後を追う。

全員　……。
榎戸　……どういうこと？
明宏　分かんないよ！　全然、分かんないよ！

暗転。

13　撮影二日目

夏希の声がする。

夏希（声）　おはようございます。夏希です。……失礼します。

明かりつく。
リビング。
明宏がぽつんと一人いる。
夏希が大きなバッグを抱えて入ってくる。
二人は昨日と同じ服装。

夏希　あれ？　みなさんは？
明宏　まだ寝てます。
夏希　寝てる？　撮影の準備は？
明宏　昨日、ちょっとしたことがあって……撮影、できないんじゃないかって、みんな思ってます。

夏希　ちょっとしたこと。

明宏　ええ、まあ……

　　　夏希、後ろを向いて、

夏希　岩本さん。

　　　と、声をかける。

　　　岩本、昨日と同じ服装で申し訳なさそうに出てくる。

明宏　え⁉

岩本　おはよう。

夏希　家の前でずっと立ってたから、

明宏　昨日、母さん、会社にも行ったんですよ。ずっと起きてて。

岩本　本当に申し訳ない。

明宏　自分が何したか分かってるんですか⁉

岩本　本当にごめん。パニクッちゃって。

明宏　パニクるって……。
夏希　岩本さん、みんなに謝りたいって。
岩本　本当は顔なんか出せないいんだけど、そしたら、
明宏　そしたら？
岩本　映画、できなくなると思って。
明宏　そのために？
岩本　……このまいなくなったら、ダブルでひどい奴になるから。
夏希　監督。どうします？
明宏　……みんなを起こしてきます。撮影準備、始めて下さい。
夏希　はい。

明宏、去る。

夏希　手伝ってくれますか？
岩本　えっ？
夏希　水島君の部屋をお通夜の場所にします。
岩本　はい。

そこは、明宏の部屋になる。
フトンが一組。
葬式の白黒の「鯨幕」が張られる。

夏希　鯨幕、すぐに手に入ると思ったんですけどね、逆にみんな使ってて、無理でした。
岩本　どうしたの？
夏希　しょうがないいんで、作りました。丸々一晩かかりましたよ。
岩本　夏希さん、寝てます？
夏希　大丈夫です。私、撮影の時は寝ないの慣れてますから。
岩本　でも、毎晩でしょう。
夏希　そうですね。準備の日からだから、……あれ……私、
岩本　どうしたの？
夏希　いえ……（独り言）私、四日、まったく寝てない。でも、全然疲れてない。どうして……

夏希、ハッとした後、呆然とした表情に変わる。
と、明宏が入ってくる。

明宏　それじゃあ、シーン9、ジュリちゃんのお通夜のシーン、行きます。

喪服姿の瞳子、義人、榎戸が入ってくる。
昨日とは別のキャラクター。
瞳子がジュリの母、榎戸が父。義人が兄の設定。
瞳子、岩本と目が会う。お互い、言葉にならない。
義人が憎しみの目で岩本に近づこうとする。
明宏、強引に間に入って、

明宏　みんな、言いたいことはあると思いますが、撮影は順調にいけば今日でお終いです。映画のために協力して下さい。岩本さん、カメラ、お願いします
岩本　えっ。はい。
明宏　夏希さん、フトンの中へ。
夏希　……。（気付かない）
明宏　夏希さん！
夏希　えっ……はい。

夏希は、呆然としたまま、フトンの中に入る。そして、自分で顔に白い布をかける。
岩本がカメラを構える。

明宏　それじゃあ、行きます。よーい、スタート！

明宏が入口から近づく。

瞳子　（泣いて）ジュリ。なんで～、なんで～。
義人　そんなにチュボのことが好きだったのか。
明宏　ジュリちゃんのお母しゃん。
瞳子　（明宏に気付いて）なんで、お前がいるの!?　もとはといえば、お前がすべての原因なんだ！
榎戸　私はジュリの父だ。とっとと、帰りたまえ！
義人　俺はジュリの兄だ！　帰れ！　坊主！

明宏、さっと夏希に近づき、抱き上げる。
顔にかけた白い布が落ちる。

明宏　ジュリちゃん！　目をしゃますんだー！　みなしゃん、奇跡が起きたのです。ジュリちゃんと僕の思いが……

夏希　……。

が、夏希は何の反応もしない。

焦る明宏。

明宏　えっ⁉

瞳子　私のジュリから手を離すのよ！

瞳子、明宏を振り払う。

義人と榎戸が近づき、

義人　二度と来るな！

榎戸　子供でも許さんぞ！

瞳子、白い布を夏希の顔にかける。

明宏、呆然とした顔で追い出される。カメラの岩本、

岩本　カット！……で、いいんですね？

明宏　はい。オーケーです。じゃあ、シーン10。「ロミ男と進布さんの会話」に行きます。

と、玄関から怒気をはらんだ声が聞こえてくる。

町内会長（声）　水島さん！　ちょっと、水島さん！

瞳子　町内会長だ。なんだろう。

瞳子、出て行く。

榎戸　なんか、怒ってるみたいな声ですね。

岩本　映画撮ってるのがバレたかな。

町内会長（声）　どういうことなの！

明宏　ちょっと行ってみます。

明宏、出て行こうとする。

岩本　いや、僕が行こう。明宏君は顔を出さない方がいいと思う。

岩本、去る。

明宏　夏希さん。じゃあ、次のシーンの小道具を。

が、夏希は白い布をかぶったまま動かない。

榎戸　夏希さん。どうしたんですか？（からかって）しばらく死んでます？
明宏　夏希さん。
夏希　（夏希、白い布を取って）監督、私、
明宏　なんです？
夏希　私、
町内会長（声）　本人を出せ！　本人を！
側近（声）　なめとんのか！
榎戸　よし。僕が行こう。
明宏　えっ？
榎戸　岩本さんがいないと撮影、進まないでしょう。エリートの将校がちゃちゃっと解決してくるよ。

榎戸、去る。

町内会長（声）　嘘はいいの！　嘘は！

岩本、戻ってくる。

明宏　なんなんですか？
岩本　それが……昨日の公園の撮影を見られてた。
義人　（思わず）それで？
岩本　義人君が…その……チャンバラして……動いてたから……病気はやっぱり仮病じゃないかって……
明宏　そんな!?

義人、行こうとする。

岩本　義人君。
義人　（明宏に）俺の責任だ。撮影、続けてくれ。俺が話す。
岩本　理屈が通じる相手じゃないのは知ってるだろう。

義人　（明宏に）撮影、続けてくれ。

義人、去る。

明宏　撮影、続けるって言っても……
側近（声）　こら！　嘘つき！
岩本　これじゃあ、無理だろう。

瞳子が戻ってくる。

瞳子　義人が病院、行くから。あたしもつきそってくる。
明宏　病院⁉
瞳子　町内会長がどうしても精密検査受けろって。もう、何回もやったのに。また、義人に恥をかかせるつもりなんだ。

瞳子、去る。
入れ替わりに榎戸が入ってくる。

榎戸　話になんないよ。義人君は嘘つきって決めつけてるんだ。なんだよ、あいつら。
岩本　撮影、続けましょうか。
明宏　はい。じゃあ、シーン10、行きます。夏希さん、カメラ、お願いします。
夏希　……すみません。私、ちょっと、気分が悪くて……。
岩本　無理しすぎたんだね。
榎戸　いいよ。俺がカメラやるよ。
明宏　隊長、できるんですか？
榎戸　将校だからね。
明宏　じゃあ、場所は、家の前の道です。夏希さん、待ってて下さい。
夏希　はい。

明宏達、場所を移動する動きと同時に明かりが変わる。
部屋に残される夏希。
明宏達の演技の間、夏希の表情も見える。呆然としている。

明宏　じゃあ、行きます。よーい、スタート！（ロミ男になって）どうちて？　どうちて、ジュリちゃんは目を醒まさなかったの!?　死んじゃったの!?
岩本　おかしい。「脱法ドラッグ」こと「危険ドラッグ」は42時間の効き目なんだ。一昨日の夜明宏　12時に飲んだら間違いなく今日の夕方6時に目を醒ますはずなんだ。

岩本　夜の12時なんて、ジュリちゃん、起きちぇられないよ。いつも、8時に寝ちぇるんだから。8時。……もし、8時に飲んでたら、（両手で数えて）今日の午後2時。でも、ジュリちゃんは起きていない。

明宏　じゃあ、起きちぇから飲んだんじゃないかな。ジュリちゃん、いつも、朝の6時に起きるから。

岩本　なるほど。12時に飲もうとしたのについ寝てしまい、昨日の朝6時に起きて飲んだとしたら……目覚めるのは、今晩、夜中の12時。

明宏　今晩、夜中の12時。……僕、忍び込む。

岩本　見つかったら大変なことになるよ。

明宏　でも、忍び込む。ジュリちゃんに会いたいんだ。

夏希　……私なにやってるんだろう。こんな所でなにやってるんだろう。政雄、私……政雄……。

夏希に光が集まり始める。

明宏　ねえ、進布さん。目がちゃめないクスリもあるの？

岩本　えっ？

明宏　ずっと目がちゃめないクスリ。

岩本　どうして？
明宏　もし、ジュリちゃんが起きなかったら、僕が飲む。
岩本　ロミ男。
明宏　僕とジュリちゃんはずっといっちょなんだ。くだちゃい。
岩本　……分かった。

間

榎戸　カット！　オッケー！
岩本　それは監督の判断。
明宏　オッケーです。戻りましょう。

三人、戻るアクションで、そこはまた、明宏の部屋となる。
夏希がいる。

榎戸　あれ？　夏希さん？

夏希に集まっていた光、消える。

夏希　えっ？

榎戸　今、夏希さんの姿、透き通ってたみたいな。

夏希　透き通ってた？

榎戸　いえ、目の錯覚ですね。幽霊になって疲れてるのかな。

明宏　夏希さん、いよいよ、あと2シーンで終わりです。

岩本　シーン11は瞳子ちゃんも必要だよね。

明宏　病院から戻ってくるまで、待ちましょう。

榎戸　なんかお腹、すいたね。

夏希　私、またおにぎり、作ってます。

岩本　そんなことするから、体調、悪くなるんだよ。

夏希　できることは全部、やりたいって思ったんです。

榎戸　いただきます。

岩本　お茶でも、入れますか。

榎戸　味噌汁作りましょう！　味噌汁！

岩本と榎戸、去る。

明宏　ありがとうございます。
夏希　えっ？
明宏　夏希さんがいたから、こんなに順調に進んでるんです。今のうちにゆっくり休んで下さい。
夏希　……。

明かり変わる。
どたどたと瞳子が入ってくる。
少し遅れて義人。

瞳子　信じらんない！　バカにするんじゃないわよ！

岩本と榎戸が入ってくる。

岩本　瞳子ちゃん、どうしたの？
瞳子　どうもこうも、義人、どこも悪くないって言われたのよ！
明宏・夏希・岩本・榎戸　えっ⁉
瞳子　嘘よ。あの医者、嘘言ってるのよ。
明宏　なんのために？

瞳子　義人を殺したいのよ。
岩本　殺したい？
瞳子　ジャマなのよ。健康そうに見える義人がこの町にいることが、あいつらには許せないのよ。
榎戸　しかし、医者が嘘をつくって、
瞳子　いつものお医者さんに見てもらおうとしたら、拒否された。もう義人は見ないって。
明宏　どうして？
義人　町内会長達に言われたんだろう。余計なことはするなって。
明宏　それで、兄ちゃんはどうなるの？
瞳子　明日、連絡するって。バカにしてる。
全員　……。
義人　撮影はどうなったんだ？　さ、続けよう。
明宏　兄ちゃん。
義人　撮影だ。俺のせいで止めるな。さあ。
瞳子　義人。
義人　さあ。
明宏　……分かった。シーン11、行きます。忍び込むロミ男と進布さん。岩本さん、最後のシーンになります。
岩本　最後のシーンか。

榎戸　じゃ、カメラは俺だね。
明宏　お願いします。
岩本　明宏君。やっぱり、進布は逃げちゃうのかな。逃げるのっておかしくない？
明宏　それが物語ですから。夏希さん、スタンバイを。
夏希　はい。

夏希、フトンの中に入り、白い布を自分で顔に乗せる。
と、雨の音。

榎戸　雨か。どうする？
岩本　やめようか。逃げる時に雨って……。
明宏　やります。夜中のシーンが雨でもおかしくないですから。よーい、スタート！

辺りを伺いながら、明宏と岩本が空間に入ってくる。
榎戸がカメラを向けている。
瞳子と義人は離れて見ている。

明宏　何時？

岩本　（子供用スマホを出して）11時59分。
明宏　じぇったいにジュリちゃんは生き返るね。
岩本　もちろん。
明宏　生き返って、みんなに許ちゃれて、僕たちは幸しぇになるんだよね。
岩本　もちろん。……12時だ。
明宏　ジュリちゃん。ジュリちゃん。

が、夏希は反応しない。
雨風の音が強くなる。

明宏　どうちて、どうちてジュリちゃんは目を開けないの!?
岩本　……。

岩本は雨風の音に気を取られている。

明宏　進布さん！
岩本　（ハッと）いや、6時に起きても、すぐに飲まなかったのかも。5分とか10分とかして。
明宏　今、何時？

岩本　12時10分。
明宏　今、何時？
岩本　12時20分。
明宏　今、何時？
岩本　12時30分。
明宏　今、何時？
岩本　12時33分。
明宏　（いきなり、夏希を抱え上げ）ジュリちゃん！　ジュリちゃん！
岩本　声が大きいよ！　みんな起きてくるよ！
明宏　（かまわず）ジュリちゃん！　目を開けちぇ！　あしょぼうよ！　一緒にジャングルジム登ろうよ！　ブランコ、一緒にこごうよ！　ジュリちゃん！
岩本　ロミ男！　みんな、起きちゃうよ！

と、瞳子がカメラの後ろで声を出す。

瞳子　何!?　何の声!?
岩本　みんな、来るよ！　ロミ男！
明宏　進布さんだけ逃げて。さあ、早く！　僕はここにいる！　逃げて！

岩本　逃げるの⁉　僕、逃げるの⁉

雨風の音、強くなる。
岩本、混乱し始める。

岩本　ロミ男！　捕まって、大変なことになるよ！　ロミ男！
明宏　逃げて！　進布さんだけ逃げて！　いいから、さあ！　逃げて！
岩本　僕、二人を置いて逃げるよ！　僕だけ逃げるよ！

が、岩本は動かない。

明宏　僕達のことはいいから、さあ、逃げて！
岩本　逃げるよ！
明宏　逃げて！
岩本　……ダメだ。逃げちゃダメなんだ！

地鳴りのような音が岩本にだけ聞こえ始める。岩本の幻聴である。他の人には聞こえない。
岩本、明宏に近づき、

明宏・瞳子　えっ？
岩本　俺は逃げない！　絶対に俺は逃げない！　逃げたくなんかない！　お前たちを残して俺は逃げない！
瞳子　……。
明宏　進布さん……？

岩本、寝ている夏希を抱え上げ、明宏の手を引いて、つまりは、二人を連れて逃げようとする。

岩本　さあ、逃げよう！　一緒に逃げるんだ！　早く！
夏希　え!?
岩本　早く逃げないと、死ぬぞ！　だから、言っただろう！　荷物なんかどうでもいいから逃げろって！　どうしてすぐに逃げなかったんだよ！
明宏　え!?
瞳子　……雄ちゃん？
岩本　俺はもう逃げない。今度こそ、一緒に逃げる！　お前達と一緒に逃げるぞ！
夏希　岩本さん、落ち着いて！

岩本　落ち着いてる場合じゃないんだ！　早く逃げろって連絡したじゃないか！　なのに、お前たちは大丈夫だって油断して。俺は知ってたんだ。あの時、会社の屋上から海を見て、俺は知ってたんだ。
瞳子　雄ちゃん、どうしたの⁉　何があったの⁉
岩本　俺は、家に帰んなきゃいけなかったんだ！　お前達を連れ出しに、戻んなきゃいけなかったんだ！　でも、俺は逃げた。怖くて、間に合わないって思って、俺は逃げた！　お前たちを置いて、俺だけ逃げたんだ！
明宏　岩本さん！
義人　おい！
岩本　怖くて、間に合わないって思って、家に帰らなかったんだ！　津波が怖くて、俺は逃げたんだ！　俺は最低の父親なんだ！　お前たちを見捨てたんだ！
瞳子　雄ちゃん。
岩本　でも、俺はもう逃げない。さあ、一緒に逃げるぞ！　急ぐんだ！　津波が来るぞ！

岩本、狂ったように明宏と夏希を連れ出そうとする。

明宏　岩本さん、落ち着いて！
岩本　早く！　早く逃げるんだ！

瞳子　雄ちゃん！

瞳子はなんとか落ち着かせようとするが、
どうにもできなくてオロオロする。

義人　落ち着け！

義人が止めようとする。
岩本に激しく突き飛ばされ、思わず、胸を押さえて座り込む。

瞳子　義人！

瞳子、義人に駆け寄る。

明宏　岩本さん！
夏希　落ち着いて！
岩本　逃げるんだ！
榎戸　岩本さん！

榎戸、思わず、明宏と岩本の間に入る。
岩本、夏希を振り払う。
そして、榎戸を突き飛ばす。
榎戸、そのまま、頭をを床（か、壁）に強くぶつける。

夏希　榎戸さん！

岩本と明宏がもめている。
頭を振りながら、立ち上がる榎戸。
その瞬間、雷の閃光と音。
榎戸の目に、もめている岩本と明宏の姿が飛び込んでくる。
向かい合いお互いの腕を取りあっている二人。
その姿を見つめる榎戸。
もめている岩本と明宏の動きが榎戸の視点でスローモーションになっていく。
榎戸に光が集まる。
榎戸には、二人の声が違って聞こえて来る。（声は録音）

岩本（違う声）　水島！　逃げよう！

明宏（回想の声）　山上！　どうしたんだ⁉

岩本（違う声）　特攻なんか成功するわけないんだ！　吉田みたいに犬死にするだけだ！　逃げよう！

明宏（回想の声）　やるしかないんだ！　山上、行くしかないんだ！

榎戸　危ない！


榎戸、二人を強引に伏せさせる。

その瞬間、榎戸の耳に激しい同軸機銃の音。

岩本は、そのまま床に倒れて頭をうち、動かなくなる。

榎戸、明宏を引き起こし、

榎戸　水島陸士、大丈夫か！
明宏　えっ？
榎戸　どこもケガはないか！（岩本を見て）くそう、山上陸士もやられたか！　無理なんだよ。ＺＲ１１２型タンクは３６０度、レーダーで周囲を監視してるんだ。１ミリでも近づけるはずがないんだ！
明宏　榎戸隊長、
榎戸　水島陸士、逃げるぞ！

明宏　え⁉

榎戸　こんな所で無駄死にしてたまるか！

明宏　あの……

別の方向からタンクの音が榎戸に聞こえる。

榎戸　くそう、囲まれたか。……水島陸士。俺は今から、9時方向に全力で走る。

明宏　え⁉

榎戸　いいから、聞け。俺が走り出したら、お前は3時方向に走れ。運がよければ、二人のうち、どちらかが助かる。

明宏　ちょっと待って下さい。

榎戸　俺は隊長だ。隊長の指示に従え。

明宏　逃げるんですか？

榎戸　違う！　生きるために移動するんだ。

明宏　生きるために移動……。

榎戸　行くぞ。水島陸士、続いて走れ！

榎戸、叫びながら走る。

明宏　榎戸隊長！

榎戸、途中でくるりと振り向き、タンクに向かって激しく手を振る。

榎戸　おーい！　おーい！　ここにいるぞー！　水島！　走れ！

榎戸、走り去る。
明宏、走ろうとした瞬間、目の前に巨大なタンクのシルエットが見えてくる。
明宏、恐怖を振り払うように叫ぶ。
爆発音。
気を失い倒れる明宏。
夏希、それを見て、

夏希　どうしたの⁉　監督！　監督！
瞳子　明宏！　明宏！

暗転。

14　夜2

明かりつく。
そこは家の前の道。
榎戸が呆然としたまま立ち尽している。
義人が現れる。
手には、ヤカンとコップ、二つ。

義人　やっと帰ってきたか。
榎戸　……。
義人　ノド、乾いてないか？　ビールといきたいんだが、残念ながら、麦茶だ。
榎戸　……。（動かない）
義人　一晩中、外にいるつもりか？
榎戸　生きてた。
義人　？
榎戸　俺、生きてた。

義人　……そう思ってたよ。

榎戸　そう?

義人、コップにお茶を入れて、榎戸に渡す。

義人、飲み、榎戸も飲む。

義人　どう考えても、幽霊は骨折しないよ。レントゲンにも写らないと思うし。

榎戸　幽霊の常識なんて知らないから。

義人　確かに。

榎戸　……俺、逃げたんだ。

義人　違うだろ。

榎戸　えっ?

義人　なんか、言ってたじゃないか。俺、聞いたぞ。明宏が「逃げるんですか?」って聞いた時、

榎戸　……生きるために移動するんだ。

義人　生きるために移動する。

榎戸　……でも、軍隊はそう思ってくれない。

義人　全滅なんだ。しょうがないだろう。

榎戸　俺は隊長なんだ。隊長は、全滅しましたじゃ許されない。

義人　どうなるんだ？

榎戸　隊長は責任を取らされる。すぐに特別攻撃に出されるだろう。懲罰出撃だから二階級特進なしだ。

義人　そんな……。

榎戸　……なんで死ななかったのかなあ。

義人　運が良かったんじゃないか。

榎戸　絶対に死んだと思ったのに。

義人　そそっかしいんだな。

榎戸　そういうまとめ方はないだろう。

義人　いいじゃないか。生きてるんだから。生きてりゃ、また肉も食える。

榎戸　いや、ダメだ。生きてちゃ、ダメなんだ。

義人　えっ？

榎戸　水島陸士は？

義人　寝てる。もう今日は撮影も中止になったし。

榎戸　撮影か……。

義人　明日が撮影最後の日だからな。

榎戸　……。

義人、話しながら、カラオケセット（それなりの大きさのスピーカーとセレクト機能が一体化したもの）を押して出てくる。

義人　激戦を生き延びたお前を慰めたいんだが、

榎戸　えっ？

義人　俺はこんな体だ。何もできない。ただ、

榎戸　ただ？

義人　俺にできることは、歌うことだけだ。

義人、カラオケセットのスイッチを入れる。

手にはマイク。

前奏が流れてくる。

榎戸　自分が歌いたいだけでしょう。ねえ、夜中だよ。家の外だよ。

義人、『生きてることが辛いなら』（作詞・御徒町凧　作曲・森山直太郎）を2番から歌い始める。

義人

生きてることが辛いなら
わめき散らして泣けばいい
そのうち夜は明けちゃって
疲れて眠りに就くだろう
夜に泣くのは赤ん坊
だけって決まりはないんだし

生きてることが辛いなら
悲しみをとくと見るがいい
悲しみはいつか一片の
お花みたいに咲くという
そっと伸ばした両の手で
摘み取るんじゃなく守るといい

榎戸、最初は「やれやれ」という顔で歌を聞く。

やがて、感情が高ぶり、うろうろし、そして、木の枝を見つけて、草をなぎ倒し、地面を叩き続ける。

そして、静かになり、声を殺して泣く。

義人　何にもないとこから
何にもないとこへと
何にもなかったかのように
巡る生命だから

生きてることが辛いなら
嫌になるまで生きるがいい
歴史は小さなブランコで
宇宙は小さな水飲み場
生きてることが辛いなら
くたばる喜びとっておけ
生きてることが辛いなら

やがて、歌の終盤で別空間（リビング）に、岩本が現れる。
手にはバッグ。家を出ようとしているのだ。
そこに瞳子。
岩本、振り返り、見つめ合う二人。

歌が終わる。
義人は、榎戸に気付かれないように胸を押さえて苦しむ。
瞳子と岩本の会話につれて、義人と榎戸は見えなくなる。

瞳子　会社はこの時間、やってないと思うよ。
岩本　……。
瞳子　お腹空かない？　お茶漬けでも食べようか？
岩本　えっ。
瞳子　みんな晩御飯、食べないまま、寝ちゃったみたい。

瞳子、テーブルに食事を準備し始める。
黙って見ている岩本。
別空間（明宏の部屋）で寝ている明宏とその横にいる夏希が浮かび上がる。

明宏　……（目を開ける）
夏希　気がついた？
明宏　（上半身を起こしながら）僕は……
夏希　叫んだ後、急に倒れて。

明宏　……夏希さん、僕、
夏希　何？
明宏　死んでないかもしれない。
夏希　……。
明宏　全部、思い出した。思い出したくないのに、思い出した。
夏希　本当のことを知ったの？
明宏　うん。
夏希　私も今日、本当のことを知った。
明宏　何？
夏希　本当のことなんか、知りたくなかった。
明宏　えっ？

リビングの瞳子と岩本。
お茶漬けの準備が整う。

瞳子　いただきます。
岩本　いただきます。
瞳子　……20年ぐらい前？

岩本　えっ？
瞳子　……奥さんと娘さん。
岩本　26年前。
瞳子　26年。
岩本　自分でもおかしいって思うんだ。でも、時間がたてばたつほど、どんどん重くなって来る。
瞳子　奥さんに悪いから、みんなで食事しなかったの？
岩本　違う。自分がもう一回、家庭を持つと思うと、自分が許せなくなるんだ。変だろう。変だけど、自分が許せないんだ。
瞳子　サバサバ・キルト？
岩本　（うなづく）
瞳子　どうしようもないの？
岩本　どうしようもないんだ。

二人、食べ始める。

明宏と夏希。

明宏　夏希さん。僕、どうしたらいいんでしょう？
夏希　えっ？

明宏　僕、死んだと思ったから今までできたんです。みんなを巻き込んで、迷惑をかけて、このまま映画を撮っててていいんでしょうか？

夏希　どうして？

明宏　えっ？

夏希　どうしてそんなこと言うの⁉　監督がそんなこと言うなら、私はなんのためにがんばってるの⁉

明宏　……。

夏希　じゃあもう、やめたらいいじゃない。監督が泣き言言ったら、それで映画は終わりなの！どんなに苦しくても監督は絶対に弱音を吐かないの！　吐いちゃダメなの！　それが監督なの！　政雄はそんなこと絶対に言わなかった！　だから、私はついていったの！

明宏　夏希さん。

夏希　死んでるとか生きてるとか関係ないの！　監督はこの映画を撮りたいのか撮りたくないのか、それだけなの！

夏希、立ち上がる。

明宏　夏希さん。

夏希　帰る。

夏希、去る。

瞳子と岩本。

瞳子　今晩はやめてね。

岩本　えっ？

瞳子　出て行くの。

岩本　……。

瞳子　明宏の映画が終わるまでは。

岩本　……（ちいさくうなづく）

食事を続ける二人。

お茶漬けをかき込む音。

暗転。

15　撮影三日目

明宏（声）　シーン12、よーい、スタート！

明かりつくと、明宏が夏希をだき抱えている。
岩本は少し離れて見ている。
カメラは榎戸。

明宏　ジュリちゃん！　ジュリちゃん！……目をちゃまさない。いいんだ。ジュリちゃんが行った天国に僕も行くから。

明宏、進布さんからもらったビンを出す。

明宏　ジュリちゃん。僕は嬉ちいんだ。僕はジュリちゃんのために死ねる。愛のために死ねる。憎しみとか争いじゃなくちぇ、愛のために。国家とか誰かのためじゃなくて、愛したジュリちゃんのために、自分で自分の死を選べるんだ。

明宏、飲もうとすると、夏希の手が伸びて来る。

夏希　ダメ。ダメ、ロミ男ちゃん。
明宏　ジュリちゃん！　生きちぇるんだね！
夏希　ロミ男ちゃん、頭が割れるようにいちゃいの。私、長くないかもちれない。
明宏　ジュリちゃん。
夏希　連れてって。
明宏　どこに？
夏希　にくちみのない場所。あらちょいのない場所。人をころちゃなくてもいい場所。
明宏　分かっちゃ。そんな場所をちゃがしにちゃびに出よう。

明宏、夏希を抱えて歩き始める。
と、瞳子、義人が入ってくる。
榎戸は岩本にカメラを渡し、参加する。
岩本はカメラを構える。

瞳子　なにしてるの!?

義人　ジュリを下ろせ！

夏希　（抱えられたまま）近づかないで！　ママ！　これは毒薬！（と、ロミ男のビンを掲げ）近づいたら、飲むから！　こんじょこそ、死ぬから！

瞳子　ジュリ！　お前、生き返ったのかい！

榎戸　ジュリ！　生きてたのか！

夏希　死ぬから！　近づいたらこんどこそ死ぬから！　ロミ男ちゃん、連れてって。争いのない場所へ。

周りで見ている瞳子と榎戸、義人。

明宏　行こう。にくちみが生まれる前の場所へ。戦うことが愚かだとちっている場所へ。

二人、歩き続ける。

岩本　カット！……で、いいんですね？

明宏　はい。オッケーです。以上で撮影はすべて終了です。

瞳子　これで終わりなの？

明宏　はい。あとは、僕が編集するだけです。みなさん、ありがとうございました。

夏希　監督。
岩本　そうか、僕達の仕事はこれで終わりなんだね。
明宏　はい。完成披露試写を楽しみに待ってて下さい。

榎戸、気付かれないようにそっと部屋を出る。

瞳子　夏希さん、どう？　楽になった？
夏希　えっ？
瞳子　明宏の映画手伝って、サバサバ・キルトは楽になった？
明宏　母さん……
夏希　ええ。手伝って、よかったと思ってます。
瞳子　雄ちゃん、聞いた？　手伝うと楽になるって。雄ちゃんも私達の生活を手伝ったらさ、
岩本　瞳子ちゃん。それじゃ、余計、つらくなるんだ。
瞳子　分かった。雄ちゃんの亡くなった奥さんの名前、何？
岩本　えっ!?
瞳子　名前、教えて。
岩本　どうして。
瞳子　いいから。教えて。最後なんでしょ。もう、出て行くんでしょう。

義人・明宏　!?

瞳子　私の最後のお願い聞いてよ。何？　奥さんの名前はなに？

岩本　かすみ。

瞳子　私、今日から、かすみって名前になる。

岩本　えっ？

瞳子　娘さんの名前は何？

岩本　麻里奈(まりな)。

瞳子　義人の名前、きょうから麻里奈にする。

義人　えっ!?

瞳子　そしたら、新しい家庭じゃないでしょ。前と同じでしょ。逃げ出したくならないでしょ。私のこと、かすみって呼んで。さあ、呼んで。

岩本　瞳子ちゃん。

瞳子　違うでしょ！　かすみよ！　私はかすみ！

義人　母さん、落ち着いて。

瞳子　私はぜんぜん、平気だから。私をかすみって呼んで。ほら、娘の麻里奈よ。

明宏　母さん、ムチャだよ。

瞳子　ムチャは百も承知よ！　私をかすみって呼んで、雄ちゃんの心が落ち着くのならそれでいいの！

義人　それでいいって顔してないよ。母さん、苦しそうだよ。

瞳子　当り前でしょう！　自分のこと、前の奥さんの名前で呼ばれて、嬉しいわけないでしょう！　悲しいわよ！　ぞっこん悲しいわよ！（泣きながら）さあ、かすみって呼んで。私はかすみよ。娘の麻里奈よ。前の生活を続けましょう……。

夏希　岩本さん。『サバイバーズ・ミッション』って言葉知ってますか？

岩本　『サバイバーズ・ミッション』？

夏希　生き残った者の使命。生き残った者ができること。私、死んだ政雄にしてあげたかったと、言ってあげたかったことがたくさんできました。水島君がその機会をくれたんです。

明宏　夏希さん。

夏希　水島。これが、水島が作りたかった最初の映画になるね。

明宏　はい。

夏希　そして、これが私の最後の映画になる。

明宏　え？

夏希　私、うっかりしてて、あの時、自分も部室にいたの忘れてた。

明宏・瞳子・岩本・義人　えっ？

夏希　あんまり一瞬だったから、自分が死んだってこと分からなかったんだ。

明宏　そんな……。

と、榎戸が突然、包丁を持って登場。

榎戸　水島陸士！　中央統括本部に行って、俺が特攻で死んだと証言しろ！　しないと、俺は今から、ここで死ぬ！

と、自分に包丁を突きつける。
が、全員、榎戸を無視して、

瞳子　夏希ちゃん、嘘でしょう……
明宏　そんな、そんな夏希さん。
夏希　水島。ありがとう。水島が声をかけてくれなかったら、あたし、地縛霊になってずっと部室の近くをさまよってた。
榎戸　死ぬぞ！　俺は死ぬぞ！
義人　夏希さん。嘘だよね。冗談だよね！
榎戸　ほんとに死ぬぞ！　統括本部に行かないと死ぬぞ！
夏希　岩本さん。水島君の次の映画も手伝えたら、また少し気持ちが楽になるかもしれません。
岩本　夏希さん。
夏希　でも、あたしはここまでだから。

榎戸　みんな！　ドラマの中心はこっちだぞ！　俺は死ぬんだぞ！

夏希　だから、無責任なことは言えません。でも、岩本さん、

と、玄関がドンドンと叩かれる。

町内会長（声）　水島さん！　水島さん！

瞳子　来た。

義人　俺が行く。

義人、いきなり飛び出す。

瞳子　麻里奈！　ちょっと待って！

と、ドタドタと足音が聞こえる。

義人（声）　おい、待てよ！

町内会長（声）　じゃますんな！

町内会長と陸軍軍人のシルエットが鯨幕に映されて現れる。（または、実際に登場する）
義人も戻ってくる。

陸軍人（声）　水島明宏一等陸士はいるか！
明宏　はい！　自分であります！
陸軍人（声）　陸軍中央警務隊所属、松島一等陸尉である。きさま、ここで何をしておる。
明宏　は、それが……
町内会長（声）　なんていう格好してるの⁉　逃げてきたの。兄も兄なら、弟も弟だわ。卑怯者の兄弟ね。
義人　なにを！
陸軍人（声）　ただちに、南部方面軍参謀本部に出頭し、指示をあおげ。
明宏　はい。ただちに指示をあおぎます！
陸軍人（声）　（榎戸を見て）お前は誰だ？
榎戸　えっ？
陸軍人（声）　ここで何をしている？　貴様、軍人ではないのか？
榎戸　いえ、私は……
陸軍人（声）　どうした⁉　貴様、身分証明書を見せろ！
榎戸　私は……

明宏　松島陸尉、報告があります！

陸軍人（声）　なんだ⁉

明宏　南部方面軍第8師団第12普通科連隊特別攻撃夜桜隊は、私を除いて全滅。榎戸陸曹以下、吉田、山上は壮烈な特攻戦死を遂げました。

陸軍人（声）　全滅……。分かった！　参謀本部に出頭して、詳しく報告せよ！

明宏　はい！　詳しく報告します！

榎戸　水島……。

陸軍人（声）　（榎戸に）それで、お前は誰だ？

榎戸　えっ……。

陸軍人（声）　身分証明書を見せろ。軍人ならば所属部隊、氏名を名乗れ。

榎戸　あの……

陸軍人（声）　名乗れ！

榎戸　南部方面軍第8師団第12普通科連隊特別攻撃夜桜隊隊長、榎戸一等陸曹であります！

陸軍人（声）　夜桜隊隊長？　何を言う。今、戦死と言ったではないか。

町内会長（声）　嘘ついたの⁉

陸軍人（声）　どういうことだ⁉

明宏　いえ、あの、

榎戸　それは、つまり、

夏希　そうです。この人は榎戸隊長です。
陸軍人（声）何!?
明宏　夏希さん……。
夏希　ただし、榎戸隊長の幽霊です。
陸軍人（声）幽霊？
町内会長（声）・陸軍人（声）（笑う）
町内会長（声）　ふざけるな！
夏希　本当です。私と榎戸隊長は水島家にお別れを言いにきた幽霊です。水島、人間が行う最も美しい集団行動はなんだと思う？
明宏　えっ？
夏希　政雄が言ってた。最も醜い集団行動が戦争で、最も美しい集団行動が、
明宏　美しいのが？
夏希　映画作りだって。
明宏　……。
夏希　さようなら。私は幽霊だから、消えます。榎戸さんも、やがて消えます。
陸軍人（声）冗談はやめろ！
町内会長（声）　ふざけるにもほどがある！
夏希　ありがとう。水島。楽しかったよ。

明宏　夏希さん！

夏希に光が集まり始める。

全員　！

やがて、夏希の姿がまぶしく輝き、そして光は消える。
夏希はそこにいるが、全員には見えなくなる。

明宏　夏希さん！
瞳子　夏希ちゃん！
義人　夏希さん！
岩本　夏希さん！
町内会長（声）　そんなバカな！
榎戸　分かったか。俺達は本当の幽霊なんだ。
陸軍人（声）　お前も消えるのか。
榎戸　はい。まもなく。
町内会長（声）　（敬礼する）榎戸陸曹に敬礼！

榎戸　あ、二階級特進するので、陸尉ね。
陸軍人（声）　榎戸陸尉の冥福を祈って、敬礼。

軍人と会長、榎戸に敬礼する。

榎戸も、敬礼で受ける。

夏希は静かに微笑みながら、それを見ている。


陸軍人（声）　敬礼、なおれ。水島義人は、地区の警務事務所にただちに出頭しろ。取調べがある。

義人　取調べ？　なんのですか？

町内会長（声）　決まってるでしょ。病気が回復したのに、嘘をついていた罪よ。

陸軍人（声）　嘘をついてチャラチャラと毎日、歌を歌っていたそうだな。ふざけた奴だ。

義人　ふざけてなんかいません。

陸軍人（声）　なに？

義人　私は本気で歌を歌って、この国を兵隊さんを応援しています。ふざけてなんかいません。

町内会長（声）　さあ、行くわよ。

義人　私は重い銃は持てないし、戦場を走れません。でも、歌は歌えます。これが私の戦い方なんです。

義人、言いながら、カラオケセットを出す。

義人　これが私の戦いなんです。

義人、『人にやさしく』（作詞・作曲　甲本ヒロト）を歌いだす。

義人　気が狂いそう～

町内会長（声）　やめろ！

陸軍人（声）　うるさい！　さあ、行くぞ。

陸軍軍人がボタンを押し、歌は唐突に止められる。

町内会長（声）　ふざけてないで、とっとと来るの！

義人　私は……私は……

義人、胸を押さえ苦しみ始める。

そして倒れる。

瞳子　麻里奈！
明宏　兄ちゃん！
岩本　義人君！
榎戸　義人君！

全員が倒れた義人に駆け寄る。

岩本　義人君！
明宏　兄ちゃん！　兄ちゃん！
瞳子　息してない！　息してないよ！
陸軍人（声）　水島陸士。それでは、準備出来次第、出頭するように。
町内会長（声）　外で待っているからな。
明宏　えっ。
瞳子　……あんた達、これが目的だったの？　麻里奈を殺すことが目的だったの⁉
陸軍人（声）　5分以内だ。急ぐように。

陸軍人と町内会長、去る。

瞳子　ちくしょー！　ちくしょー！
岩本　義人君！

全員がひざまずき、倒れている義人を見つめる。
義人の体は、全員の背中に隠れて見えない。
と、悲しんでいる人達の間から義人がすーっと現れる。
それを見て、驚く夏希。

夏希　どうして!?
義人　やっとだよ。ボロボロの心臓だったからね。
夏希　そんな……
瞳子　麻里奈！　目を開けて！
義人　夏希さんと一緒に天国に行けるなんて、最高だね。
明宏　兄ちゃん！　死んじゃだめだ！

明宏、心臓マッサージを倒れている義人にする動き。（義人の体は、家族達の背中で見えない）

義人　さあ、行きますか。
夏希　ダメよ！　死んじゃだめ！　死ぬのは、私だけで充分！
義人　いいんだよ。俺なんか、今の時代じゃ、なんの役にも立たないんだから。
榎戸　義人君！　この歌を君に捧げるよ！

榎戸、カラオケセットを操作する。
『人にやさしく』が始まる。

榎戸　（歌う。が、驚くほど音痴）
義人　こんな時代に……（あまりの榎戸の歌のひどさに驚愕[きょうがく]している）……俺みたいに役に立たない奴は……（この歌は許せないと困惑し）……死んだ方が国のためで……だから（もう耐えられなくなり）

義人、倒れている場所に戻り、復活する。

義人　ちょっと待てえ！
明宏　兄ちゃん！
瞳子　麻里奈！

義人、カラオケのスイッチを切る。

義人　なんだ、その歌は⁉　殺すぞ、お前！
榎戸　こうすれば、絶対に戻ってくると思った。
明宏　榎戸隊長！
榎戸　下手に歌うの、難しいんだぜ。
瞳子　良かった！　本当に良かった！
岩本　義人君。
瞳子　麻里奈、あんた、このまま、ずっと物置に隠れない？
全員（瞳子以外）　えっ？
瞳子　戦争が終わるまでずっと隠れてるの。
榎戸　終わりますか？
瞳子　終わるよ。永遠に続く戦争なんて絶対にないよ！
義人　でも、見つかったら……
瞳子　そん時はそん時に考えるの。
榎戸　あの、その物置は広いですか？
全員（榎戸以外）　えっ？

榎戸　できれば、私も。

岩本　うん。このご時世だ。みんな、混乱してる。試す価値はある。

義人　しかし、

岩本　二人の食料は、僕と瞳子ちゃんでなんとかするよ。

瞳子・義人　えっ。

岩本　二人で必死に働く。（瞳子に）ね。

瞳子　……雄ちゃん。

家の外から声が飛ぶ。

陸軍人（声）　水島一等陸士、まだか！

瞳子　明宏！　どうする？　あんたは逃げる？

明宏　行くよ。僕は行かないと。

瞳子　だけど……

明宏、さっと去り、バッグと軍服を持って戻って来る。

町内会長（声）　何をぐずぐずしてるんだ！

明宏　（玄関の方に）今、行きます！
榎戸　水島陸士……。
明宏　（岩本に）母を頼みます。
岩本　明宏君。
瞳子　明宏。
明宏　必ず帰ってきます。まだ編集が残ってますから。次は本当の幽霊かもしんないけど。
瞳子　幽霊は嫌。
義人　あ、夏希さんがいた。
明宏　えっ？
義人　一回、死んだら、夏希さんがいた。たぶん、今もまだそこらへんにいると思う。

明宏、周りを見る。

明宏　夏希さん。ありがとう。本当にありがとう！
夏希　水島。死ぬなよ。映画、楽しみにしてるからな。絶対に死ぬなよ。約束だぞ。映画、絶対に完成させろよ。
明宏　兄ちゃん。お願いがある。
義人　なんだ？

明宏　映画のエンディング・ロール、兄ちゃんの歌を入れたい。僕達みんなを応援して欲しい。
義人　俺の歌を？
明宏　お父さん、カメラでみんなを撮って下さい。
榎戸　メイキングってこと？
明宏　そうです。表の二人をつれて、僕が去ったらスタートです。
義人　明宏は参加しないのか？
町内会長（声）　水島！　まだか！
明宏　表の二人に、兄ちゃんの声を聞かれるとまずいから。
瞳子　でも、義人の歌、聞きたいでしょう？
明宏　編集の時の楽しみにとっておく。
義人　分かった。
岩本　（カメラを構える）いいよ。
明宏　それでは、水島明宏一等陸士、行きます。

敬礼をする明宏。
義人、榎戸が敬礼に答える。
瞳子、岩本はお辞儀。
夏希はさよならと手を振る。

そして、明宏、去る。

義人、カラオケのスイッチを入れる。『人にやさしく』を歌い始める。

義人　気が狂いそう。
やさしい歌が好きで
ああ　あなたにも聞かせたい
このまま僕は　汗をかいて生きよう
ああ　いつまでもこのままさ
僕はいつでも　歌を歌う時は
マイクロフォンの中から
ガンバレって言っている
聞こえてほしい　あなたにも
ガンバレ!!

軍服に着替え、戦地に戻る明宏が見えてくる。

2番になると、瞳子、岩本、榎戸も歌に参加する。

明宏も思わず口ずさむ。

全員　人は誰でも　くじけそうになるもの
ああ　僕だって今だって
叫ばなければ　やりきれない思いを
ああ　大切に捨てないで
人にやさしく　してもらえないんだね
僕が言ってやる　でっかい声で言ってやる
ガンバレって言ってやる
聞こえるかい　ガンバレ!!

3番では、撮影された映像が歌と同時に映される。
カラオケボックスでの二人の出会い。公園でのチュボとマキ男。ロミ男との戦い。お通夜の席、そして最後に旅立つロミ男とジュリ。

全員　やさしさだけじゃ
人は愛せないから
ああ　なぐさめてあげられない
期待はずれの　言葉を言う時に
心の中では　ガンバレって言っている

聞こえてほしい　あなたにも
ガンバレ‼

全員の「ガンバレ‼」という歌声が響き、それぞれの表情に光が強く当って、そして暗転。

完

もうひとつの地球の歩き方

ごあいさつ

僕は作家ですから、自宅で原稿を書きます。演出家ですから、ケイコ場で演出します。

多くのビジネスパーソンのように、いつも行くオフィスというものがありません。

何が言いたいのかというと、メールを開くのはいつも自宅の自分の部屋だということです。

それも、ほとんどが夜です。一日中、部屋で執筆していれば、時々、メールをチェックしますが、演出やなにかで外で仕事をしている時は、夜、帰宅した後、メールを読むのです。

だからどうしたと、会社で働いている人は思うかもしれませんが、1人、自宅に帰ってホッとして、社会的意識を脱いで、リラックスした時に見るメールは、心の深い部分まで突き刺さるのです。

ケイコ場や喫茶店など、外出先で見るメールは、同じ内容でも、心の奥深くまで傷つけはしません。周りに人がいて、外出用の心になっているからです。

ここ2年ほど、僕は社会的なある立場になって、関係者からメールをもらうことが多くなりました。そして何度も深夜のメールでこころの奥底をえぐられました。

帰宅し、ホッとし、無防備な状態でパソコンを立ち上げて、そんなメールと出会いました。帰宅してすぐにメール・チェックした後、僕は寝る前にもう一度チェックします。この時は、原稿を書き終え、風呂に入り、赤ワインを寝酒に飲みながら読みます。

この時読むやっかいなメールは、魂の奥まで突き刺します。赤ワインでほぐされ、お風呂でほどけた柔らかい気持ちを、鋼鉄のようなメールが切り裂くのです。

そもそも、そんな無防備でプライベートな時間に、複雑な社会的問題と感情を含んだメールを読むことが間違っていると思うのですが、オフィスで働かない僕は、この時間しかないのです。

そんなメールを何度も読んで寝られなくなった僕は、いつのまにか、睡眠導入剤を常用するようになりました。「ハルシオン・デイズ」という作品を昔書いたなあと、薬を飲みながら思います。

今は劇場に入っているので、少し気が楽です。ノートブックを持ち込んで、僕は自宅ではなく、楽屋でみんながわいわいといる時にメールを見るようにしています。社会的意識のままメールを読めば、刃は魂の上辺を傷つけるところで止まるのです。

メールはコミュニケイションのツールだと言われていますが、一回一回、言いっぱなしのメディアです。対話のように、電話のように、リアルタイムで相手の言葉が返ってくるものではありません。

ですから、思いのたけをいくらでも投入できます。議論なら途中でさえぎられたり、文句言われたりしますが、メールは、そしてネット上の文章はいくらでも好きなだけ書き続けられるのです。メールというシステムは、そもそも対立し、炎上しやすいメディアだと思います。

昔、大学の後輩で、早くに結婚した女性から相談を受けたことがあります。夫の義母、つまり姑さんとなかなかうまくいかない。だから分ってもらおうとして、何度も手紙を書いたと彼女は言いました。自分は口下手だからうまく自分の思いは伝えられないし、いざ話そうとしたらドキドキして言わなくてもいいことを言いそうになるので、手紙にしたと。

何度も手紙を渡しているうちに、姑さんからもう書かないでほしいと言われた。どうしてなんだろうと彼女は困惑していました。

手紙もまた、自分の思いを相手に中断されないまま、いくらでも言えるメディアです。受け取る方は、その場で反論できない感情と論理の「かたまり」をぶつけられてしまうのです。

ただし、長く書くことは疲れます。疲れた時が、思いのたけを書くのをやめる時です。相手に読めるように失礼のないように丁寧に文字を書くことは、肉体労働です。

その昔、小説家は何百枚という原稿を何度も書き直すことに疲れた時が、推敲（すいこう）をやめる時でした。腕がケイレンし、指がシビれて書きたくても書けなくなったのです。肉体の限界が精神活動の限界でした。

けれどパソコンで書く原稿は疲れません。永遠に推敲できます。メールもまた、疲れません。いくらでも、いつまでも自分の思いを書き続けることができるのです。

それぞれには自分の事情があります。自分の正義があります。自分の理屈を相手にさまたげられることなく、好きなだけ書き続ければ、対立は激化することは増えても、相手が納得することは少ないだろうと思います。

そんな時代を生きているんだなあと思います。自分の主張を、相手にじゃまされずに心おきなく書けるシステムは便利で快適で、これからもますます主流になるだろうと思います。このメディアとどうつきあうか。それが生きる知恵なのでしょう。

気がつけば「虚構の劇団」は旗揚げして10年がたっていました。あっという間です。びっくりしました。

この10年。「虚構の劇団」は、お客さんの心に何かを残せたんだろうかと自問します。

何かがあれば幸せです。何もなければ哀しいです。残せたという自信と何もなかったという不安の間を振り子は揺れます。

たぶんそれは、人生とか表現とか、すべてに通じる振り子だと思います。

自分の人生に対する肯定と否定の間を揺れる振り子。素晴らしい表現だという確信とゴミだという絶望の振り子。

そうやって揺れながら、いくつになっても作品を創り続けるのだと思います。やっかいですが、僕は、この大変さは、結構好きなのです。

今日はどうもありがとう。ごゆっくりお楽しみ下さい。んじゃ。

鴻上尚史

登場人物

森崎賢介（24歳）
谷川詩織（27歳）
秋庭さくら（25歳）
片桐大作（30歳）
鈴木清彦（35歳）
来栖隼人（25歳）
西村雅美（26歳）

AI天草四郎の声
記者1・2
女子社員
男子社員
襲撃男1・2
襲撃女1・2
医者（声）

農民1・2・3・4
（武士1・2・3・4）
司会者
審査員達
女子高生
声1・2・3・4（教育現場の人々）
刑事1・2（声）
天草四郎に助けを求める人達
レポーター
男子中学生1・2
女子中学生1・2
教師（声）

＊『虚構の劇団』では、11名で上演した。最小可能上演人数は、10人ぐらいか。農民の数を2人とか3人、中学生を3人以下にすれば、9人でも可能だろう。最大は、30人前後になるであろう。（声）と表記しているのは、上演のための方法である。実際に医者や刑事が登場してももちろん問題ない。一人一人に役を振れば、

1

マスコミ向け発表会場の片隅。
来栖隼人がマイクを持って登場。

来栖　「シンギュラリティ」！　もう、あっちもこっちも、「シンギュラリティ」！　おはようの代わりに「シンギュラリティ」！　好きだよの代わりに「シンギュラリティ」！　こんにちは、俳優の来栖隼人です。最近、あちこちで耳にする「シンギュラリティ」！　みなさんはご存知でしたか？　今日は、「シンギュラリティ」に関連した面白いイベントがあるというので、やってきました。トアッドハート社長、片桐大作さんにお話を伺います。

片桐大作、登場。

片桐　こんにちは！　トアッドハート社長の片桐大作ですっ！
来栖　お元気ですね。
片桐　「熱い、若い、速い！」これが我が社のモットーです。今日はようこそいらっしゃいまし

来栖　た！（と、近づく）

片桐　「熱い、若い、近い、うざい？」

来栖　「熱い、若い、速い！」なんですか、うざいって。たしかに対人距離が近いって、社員にもよく言われますけど、うざいはないですよ。（と、近づく）

片桐　さっそくですが「シンギュラリティ」っていうのはどういうことですか？

来栖　マイペースだなあ。

片桐　「シンギュラリティ」っていうのは？

来栖　日本語では「技術的特異点」と訳されてるね。

片桐　「技術的特異点」？

来栖　ざっくり言えば、コンピューターが爆発的に進化して、人間を越える瞬間だね。

片桐　そんなことが起こるんですか？

来栖　アメリカの未来学者、レイ・カーツワイルは２０４５年にコンピューターが人間の知能を持つようになるだろうと言ってるね。

片桐　２０４５年。

来栖　特定の分野では、すでに人間を越えてるよね。囲碁も将棋もチェスも。２０４５年には人間そのものを越える人工知能が生まれるのだよ！

片桐　しかし、完全な人工知能を開発できたら、それは人類の終焉を意味するんじゃないですか？

片桐　古い！　固い！　臭い！　そんなことを言っていたら、進歩から取り残されちゃうよ。

来栖　いえ、これは科学者のスティーブン・ホーキンスの言葉です。

片桐　……知ってますよ！　それぐらい！　なんですか、あなたも人が悪いなあ！　分かって聞いてるの？

来栖　ビル・ゲイツは「なぜ人々が人工知能の恐怖について考えないのか理解できない」と言ってます。

片桐　それがビルの限界だね。卒業式のスピーチも面白くないし。

来栖　しかし、人工知能が暴走したら、

片桐　暴走できるような汎用人工知能を早く創りたいねえ。でも、今は特化型人工知能だ。

来栖　どういうことですか？

片桐　汎用人工知能ってのは、万能のなんでもできるタイプさ。ちょっと違うけど、強いＡＩなんて言い方もある。これはまだまだ、先だ。今は特化型。弱いＡＩ。囲碁したり作曲したり薬選んだり、特定の目的のためだね。

来栖　片桐さんの会社では？

片桐　聞いて驚け。私達は、天草四郎の人工知能を開発した！

来栖　天草四郎⁉

片桐　知ってる？

来栖　そりゃ、有名ですからね。

片桐　AI天草四郎。限りなく汎用型に近い天草四郎の人工知能だね。
来栖　AI天草四郎。どういうことなんですか⁉　もうちょっと詳しく。
片桐　だからね、

別空間に、森崎賢介と谷川詩織が浮かび上がる。

谷川　大丈夫。とりあえず、今日を乗り切ればなんとかなるから。
森崎　うまく行けばいいけど。
谷川　そんな弱気な発言。
森崎　質問しだいだね。賭けだよ。
谷川　うん。……体調はどう？　頭、痛くない？
森崎　興奮してるから、それどころじゃないみたい。
谷川　賢介は本来、上がり症なんだよ。
森崎　じゃあ、今の方がいいな。

と、上司の鈴木清彦が登場。

鈴木　おお！　谷川！　もう準備はいいのか？（鈴木だけが「たにがわ」と呼びます）

谷川　はい。すべて終わってます。
鈴木　どれぐらい集まった？
谷川　テレビ局が3社、新聞が4社、雑誌とネット関係で20社です。今、片桐社長が、ネットテレビの事前取材を受けてます。
鈴木　いいぞお！　プロジェクト本部も大喜びだ！　よし、森崎君。頼むよ！
森崎　はい。がんばります。
鈴木　がんばるのは当り前。結果を出すのがプロ。分かってる？
森崎　はい。

　　鈴木、去る。

谷川　成功したら自分の手柄だって自慢しまくるよ。
森崎　失敗したら？
谷川　私達の責任になるね。

　　と、秋庭さくらが入ってくる。

秋庭　森崎さん。社長が呼んでます。

森崎　分かった。
谷川　じゃあ、森崎さん、がんばって。
森崎　はい。谷川さんも。
谷川　後で美味しいビールが飲めますように。
森崎　祈ってて。

森崎、去る。

谷川　大丈夫。きっとうまくいくよ。
秋庭　はい。

谷川、秋庭と一瞬、目があう。
暗転。

2

発表会場。
片桐が光の中に現れる。

片桐　お待たせしました！　人工知能、ＡＩ天草四郎の発表です！

天草四郎の映像が映される。

天草（声）　こんにちは。私は天草四郎です。みなさまに、デウス様の祝福があらんことを。

その声は、かすかに人工音声っぽい。

片桐　天草四郎に関するデータはもとより、家族、知人、友人関係、１６００年代の日本、九州、島原・天草、さらにポルトガル、キリスト教、武士、農民、食糧、気候などなど、当時の天草四郎が見て、聞いて、感じたあらゆる膨大なビッグデータをインプットした上で、我が社の優秀なＡＩエンジニアが駆使するディープラーニングによって（森崎と秋庭が登場。

二人、お辞儀）、コンピューター自らが天草四郎となったのです！

会場にいる人達、小さなどよめき。

片桐　私達は４００年の時を越えて、ついに天草四郎と話すことができるのです！（映像に）天草四郎さん。今のお気持ちはいかがですか？

天草（声）　こうして、また、みなさんとお話ができる喜びを下さったデウス様に深く感謝します。

片桐　（会場に）さあ、天草四郎さんに質問がある方、どうぞ！

記者達、手を上げる。

記者1　すみません。毎朝新聞です。天草四郎さんは『島原の乱』のリーダーですよね？

天草（声）　『島原の乱』ではなく、『島原・天草の戦（いくさ）』です。私が総大将を勤めました。

記者1　天草さんはおいくつなんですか？

天草（声）　16歳です。

記者1　そんなにお若いのに、どうして総大将になれたんですか？

天草（声）　14歳で元服いたしますから、16歳は若すぎるということはありません。

別空間に鈴木と谷川が浮かび上がる。

鈴木　よし、滑り出しは順調だな。
谷川　周辺情報は完璧です。問題は、天草四郎の中核データです。
鈴木　言い訳は許さないからな。大事な時期に事故にあう方が悪いんだ。谷川、お前の責任だぞ。
谷川　……すみません。

記者1の質問が終わり、来栖が発言する。

来栖　すみません。ネットテレビ『アベバベベロベロバー』のレポーター、俳優の来栖隼人です。天草四郎さんは四郎っていうぐらいだから四番目の子供なんですか？
天草（声）　は？
来栖　そうですよね。数字の四ですもんね。上の三人の兄弟の名前を教えてくれませんか？
天草（声）　姉の名前はレシイナ福。妹はマルイナ萬（まん）。
来栖　それから？　っていうか、妹は関係ないでしょう。上のあと二人の名前は？
天草（声）　……私の名は天草四郎。私の名は天草四郎、
片桐　（来栖に）そんな質問、どーでもいいでしょう！「島原の乱」についてもっと大切な質問

があるでしょう！

来栖　四番目じゃないのに、四郎っておかしいでしょう！　天草さん、どういうことなんです!?

天草（声）　私の名は天草四郎。天草、天草、好きなものは大福。

来栖　はあ？

森崎、飛び出してきて、

森崎　もう二人、姉がいたんだ。でも、生まれてすぐ死んだんだ！　だから、四番目で四郎なんだ！

来栖　人間が答えてどうするんですか？　人工知能が答えるんでしょう。

鈴木　いったん、中止だ！　中止させろ！

片桐　ちょっと待って下さい。

来栖　答えて下さい！　天草さん！　姉二人の名前はなんですか？

天草（声）　特技は手品。雀を取り出す手品。チュチュンがチュン！

鈴木　中止だ！

片桐　ちょっと休憩です！　休憩！

森崎　名前をつけられる前に姉は亡くなったんだ！　父は姉の魂を悼んで、忘れないために四郎とつけたんだ！

来栖　あなたには聞いてない！

谷川　みなさん、いったん、休憩です！

来栖　答えて下さい、天草さん！　ＡＩ天草さん！

天草（声）（意味不明な単語の羅列）

片桐　休憩！　休憩です！

鈴木　中止！　中止！

来栖　天草さん！

人々が混乱の中、暗転。

3

すぐに明かり。
片桐、森崎、秋庭、鈴木、谷川がいる。

鈴木　どういうことだよ！
片桐　だから、早いって言ったんです。質問によっては混乱する可能性もあるって
鈴木　あれ？　なにそれ？　発表をせかした俺が悪いってこと？
片桐　そんなことは言ってませんよ。
鈴木　天草四郎プロジェクトは着々と進んでるんだよ。ＡＩ天草四郎は、目玉企画のひとつなのに、かなり遅れてる。本部から俺がどんなに責められてるか分かってるの？
片桐　……すみません。
鈴木　失敗だったのかなあ、この会社に頼んだの。
谷川　鈴木課長。
鈴木　誰かなあ、この会社にしようって言ったのは。
谷川　……。

秋庭　森崎さん、ケガしたんですから、しょうがないと思います。
鈴木　ビジネスにしょうがないって言葉はないんだよ！
片桐　なんとか早急に仕上げますから。な、森崎君。
森崎　はい……。
鈴木　つまんないこだわり、捨てたら？
森崎　えっ？
鈴木　リアルな天草四郎が無理なら、妥協するしかないだろう。俺の言う通りにさ、
森崎　いえ。やれるだけやります。
片桐　鈴木さん。本人に任せてやって下さい。
鈴木　あとどれぐらいかかる？
森崎　三カ月あれば……。
鈴木　二週間。それが限界だ。
片桐　二週間って⁉
谷川　それは、ムチャです。
鈴木　谷川、完成しなかったら、おまえの責任だからな。次のソフトハウス、探しとけ。行くぞ。
谷川　え？
鈴木　今日来たマスコミ回って、記事、変えさせるぞ。ＡＩ天草四郎は失敗できないんだ。
谷川　えっ、でも、どうやって？

鈴木　バーターでプロジェクトの美味しい情報出すしかないだろ。そんなことも分からんのか！

鈴木、去る。

谷川　失礼します。

谷川、後ろ髪を引かれながら去る。

片桐　森崎君。二週間でなんとかなるか？

森崎　……。

秋庭　それは無茶です。

と、悲鳴。

女子社員が飛び込んでくる。

女子社員　大変です！　変な奴らが！　パソコンを！

片桐　どうした!?

女子社員　来て下さい！　早く！

片桐、森崎、秋庭、女子社員に続いて去る。
別空間に、顔を目出し帽で隠した男女が、金属バットでパソコンを叩き壊している。
男子社員がとめている。

男子社員　やめろ！　なんだ、おまえ達は！
襲撃男１　人工知能の研究をいますぐやめろ！
襲撃女１　悪魔の研究をやめろ！

片桐、森崎、秋庭、女子社員、登場。

片桐　なんだ、お前たちは！
襲撃男１　人工知能は神への冒瀆だ！
襲撃女１　人工知能は悪魔そのものよ！

金属バットを振り回す男女。

片桐　警察だ！　警察に連絡！

女子社員　はい！

女子社員、携帯を出して１１０する。

襲撃男女、それを見て走り去ろうとする。

襲撃男１　おまえ達は悪魔だ！

襲撃女１　地獄に落ちろ！

去る、二人。

男子社員　待て！

片桐　待て！

追いかける全員。

女子社員も電話をしながら追いかける。

4

来栖とマネージャーの西村雅美が登場。

来栖　天草四郎プロジェクトってのはなんだ?

西村　(スマホを取り出しながら) 来栖さんに聞かれると思ってちゃんと調べましたよ。

来栖　会社に調べてもらったんだろう。

西村　(ごまかすように) まあまあまあ。(スマホの画面を見て) ……結構でかいプロジェクトですね。約1年前から天草四郎を売り出そうとして、テレビ局、代理店、出版社、映画会社、地元自治体、旅行代理店も噛んでるみたいです。

来栖　なんで天草四郎なんだ?

西村　(スマホを読む) キリスト教徒である天草四郎は日本人だけでなく、インバウンド対策として最適の人物である。

来栖　インバウンドってなんだ?

西村　ダイエットで失敗することですね。

来栖　それはリバウンドだ。

西村　そうでした。インバウンドは……もう一回太るのがリバウンドだから、中が太るのがインバウンドじゃないですか？
来栖　中が太る？
西村　体内脂肪ですよ。内臓につくやつです。
来栖　なるほど……って言う前に、ググッて調べろ！　アホマネージャー！
西村　調べても同じですよ……（調べて）ああ、外国人が日本にくることです。近いですね。
来栖　全然、近くない！
西村　そうか！　キリスト教徒だから、外国人も応援するってことですか。えっ、天草四郎ってキリスト教徒なんですか？
来栖　そんなことも知らないのか？
西村　来栖さんて、物知りなんですね。尊敬します。
来栖　おまえに尊敬されても嬉しくない。
西村　無理しちゃって。
来栖　どんな無理だ？　何をどう無理するんだ。
西村　説明すると長いんですけどね、
来栖　天草四郎プロジェクトのひとつがＡＩ天草四郎ってことか。
西村　（スマホを見て）おうっ！　天草四郎プロジェクト、映画版の天草四郎役を募集してます！
来栖　なんだって!?（西村のスマホを見る）

西村　（同じく覗き込みながら）テレビ版は菅田将暉（すだまさき）さんがやるんだ。すごいですねえ。連ドラにスペシャルに舞台もありますね。
来栖　お！　映画版の監督、白澤明（しろさわあきら）じゃねえか！
西村　誰ですか？
来栖　白澤明知らないの⁉　リアリズムの巨匠、俳優が売れてるかどうか関係なく、時代考証とキャラクター重視でキャスティングする巨匠だよ。
西村　へえ、応募、殺到するでしょうね。すごいなあ。誰になるのかなあ。
来栖　……西村、おまえはなんだ？
西村　なんだって、なんですか？
来栖　おまえは何をして生活してるんだ？
西村　何って、マネージャーですよ。
来栖　マネージャーの仕事は？
西村　俳優を売り込むことですよ。
来栖　だったら、やれよ。
西村　何を？
来栖　俺を売り込めよ。
西村　何に？
来栖　天草四郎に！

西村　（プッと思わず笑う）
来栖　笑った⁉　今、笑った⁉　何、何がおかしいの⁉
西村　だって、
来栖　だって、なんだ？　その次の言葉次第で、おまえの体重とウエストとふとももののサイズをネットにさらすぞ。
西村　任して下さい！　私は敏腕有能凄腕を目指してがんばるマネージャー西村です！　とことん売り込みます！　お！　次の仕事の時間ですよ。
来栖　次はなんだ？
西村　再現ドラマです。今日は、自分の母親のパンツを盗んだ下着ドロボウの役です！　なんてドラマチック！　私が売り込みました！
来栖　……。
西村　さ、行きましょう！

西村、来栖の手を引いて去る。

5

森崎が入ってくる。

森崎　ただいま。

谷川が登場。

谷川　おかえり。泊まりこみだと思ってた。
森崎　今日は仕事になんないから、帰って寝ろって片桐さんが。
谷川　ネットでニュースになってたよ。体調はどうなの？
森崎　体調は問題ないよ。ただ、
谷川　ただ？
森崎　頭が少し痛む。
谷川　お腹は？　ツナとエノキの和風パスタ作ろうか？
森崎　ツナとエノキの和風パスタ……。

谷川　覚えてない？　賢介、よく作ってくれたんだよ。すっごく美味しいの。
森崎　そうか……明日の朝でもいい？
谷川　もちろん。
森崎　じゃあ、シャワー、パッと浴びて、寝ようか。
谷川　（ドキっとして）えっ？
森崎　（その反応に）えっ？
谷川　賢介、すごい大胆。
森崎　違う。そっちの意味じゃない。
谷川　もう長い間、そっちの意味では使われてないの。ううん。いいの、いいの。久しぶりに賢介のマンションに泊まっても何も起こらない。ううん、あたし、全然平気だから。
森崎　……僕達、つきあってどれぐらいだっけ？
谷川　大学からだから、４年。この前も言ったでしょう。
森崎　ごめん。覚えなきゃいけないことがたくさんあるから、忘れちゃうんだ。
谷川　ごめん。責めてるわけじゃないの。
森崎　４年かあ。
谷川　４年。……何か思い出した？
森崎　（否定する）ううん。
谷川　あ、ごめん。あたし、

森崎　（大丈夫という風に）ううん。……4年かあ。
谷川　4年。
森崎　長いね。
谷川　そう？　あっと言う間だったよ。
森崎　あっと言う間。
谷川　いろんなことはあったけど。
森崎　例えば？
谷川　賢介、浮気した。
森崎　浮気⁉　俺が⁉　嘘！
谷川　嘘なんか言わないよ。
森崎　俺が記憶喪失になったから、勝手に自分の都合のいい歴史をでっち上げてるでしょ。
谷川　大学の後輩。やっぱり、年上より年下が良いって言った。
森崎　嘘だよ。
谷川　あたしが先に就職して、残業ばっかりやってたから、寂しかったって賢介、言った。
森崎　……それでどうなったの？
谷川　あたし、泣いた。
森崎　それで？
谷川　賢介、その子に振られた。

森崎　どうして？

谷川　あなたといても成長しないって言われたって。

森崎　うっ。

谷川　それである日、戻ってきた。

森崎　詩織は許したの？

谷川　もちろん、許さないよ。

森崎　だけど、（今、こうして……）

谷川　賢介、あやまりながらエッチしてうやむやにした。あやまるかエッチするか、はっきりしろって思った。

森崎　生々しいね。

谷川　ずるいんだね。

森崎　ごめんね。

谷川　昔のことよ。

森崎　違う。今日のこと。

谷川　えっ？

森崎　ＡＩ天草四郎がうまくいかなくて、ごめん。

谷川　しょうがないよ。いろいろあったんだから。……先にシャワー、浴びる？

森崎　詩織は？

谷川　先に寝てて。あたしは、ボディオイル塗って、ストレッチとリンパマッサージしないと。
森崎　今日ぐらいいいんじゃない？　ずっと睡眠不足だろ？
谷川　あたしが生まれつき可愛いと思ってるでしょ。
森崎　えっ？
谷川　努力の結果なんだから。がんばらないと可愛いは維持できないんだよ。
森崎　シャワー、浴びてくる。
谷川　ねえ、ここ、突っ込むとこだよ！

森崎、去る。
明かり、落ちる。同時に、別空間に片桐と秋庭が現れる。

秋庭　やっと終りですか？
片桐　なんで同じこと何回も聞くんだろうね。犯人捕まえることと関係ないと思うんだけど。
秋庭　新しいパソコン、注文しました。
片桐　何台？
秋庭　4台です。
片桐　ちくしょう。腹立つなあ。パソコン壊せばデータがなくなると思っている無知に二重に腹立つなあ。

秋庭　不幸中の幸いってことですね。
片桐　いったい、あいつらはなんなんだ。
秋庭　ネットで調べたんですけど、たぶん、新興宗教の人達です。
片桐　新興宗教。
秋庭　ＡＩを激しく攻撃してるみたいです。ＡＩは神になろうとしてる。人間は神を創ってはいけないって。
片桐　狂ってるな。そんなＡＩができたら、俺は大金持ちだよ。……しかし、なんだってうちみたいな零細企業を襲ったんだ。
秋庭　ネットで今日の発表会が広がってました。ＡＩ天草四郎が登場するって。
片桐　分かりやすいイケニエか。どっから漏れたんだ？
秋庭　プロジェクトの関係者でしょう。盛り上げるために。
片桐　……盛り下がっちゃったなあ。森崎君の調子はどうだ？
秋庭　まあ……。
片桐　まだ本調子じゃないんだ。
秋庭　ええ。
片桐　もう二カ月か。
秋庭　まだ二カ月です。
片桐　あん時は、驚いたよなあ。

回想する二人。
雨の音が聞こえて来る。
ベッドに横たわる森崎が見える。
谷川が少し離れた空間に浮かび上がる。
医者の声が聞こえて来る。

医者（声）　体にこれといった外傷はありませんが、車とぶつかった時に頭を強く打ったようです。ただ、ＭＲＩの結果では、脳組織に異常はないようです。ですが、

谷川　なんです？

医者（声）　記憶喪失の症状が見られます。

谷川　記憶喪失。

医者（声）　意味記憶はありますが、エピソード記憶が失われています。つまり、文字は読めますが、自分に関する総ての記憶を思い出せないようです。

谷川　そんな……治るんですか？

医者（声）　一過性かどうかは現時点では分かりません。しばらく様子を見ましょう。あの、患者さんは天草四郎とどういう関係ですか？

谷川　えっ？

医者（声）　意識が戻った当初は、何度も天草四郎という言葉を繰り返していました。

森崎　（意識を取り戻す声）

谷川、ベッドに近づく。

ゆっくりと森崎が体を起こす。

谷川　大丈夫？

森崎　（谷川を見て）あなたは？

谷川　分からないの？

森崎　……分からない。ここがどこで、あなたが誰か、まったく分からない。

谷川　焦らないで。ゆっくり、ゆっくり。

再び、寝始める森崎。

明かりが変わる。

片桐と秋庭が入ってくる。

片桐　事故にあったのは？

谷川　一昨日（おととい）の深夜、1時過ぎです。私のマンションの近くの道で。赤信号を渡ろうとして。

片桐　一昨日？　どうして昨日、知らせてくれなかったの？
谷川　私も今日、知ったんです。警察が森崎さんの実家に連絡して、それで私に。
片桐　昨日は知らなかったんだ。
谷川　ええ。会社でずっと働いてました。
秋庭　昨日、森崎さん、無断欠勤だったんで心配していました。
片桐　一昨日の深夜か。谷川さんのマンションに行く途中だったんだね。
谷川　あ、いえ。森崎さん、自分のマンションに帰る途中でした。
片桐　えっ？
森崎　（うめき声）

森崎が目を醒まし、体を起こす。
三人、ベッドサイドに集まる。

片桐　森崎君。
秋庭　森崎さん。
片桐　起きたか？　大丈夫か？　どうだ調子は？
森崎　……。
片桐　ん？　どうした？

森崎　……どなたですか？
片桐・秋庭　！
谷川　森崎さんは記憶をなくしてるんです。
片桐・秋庭　えっ……。

明かりが変わる。
鈴木が入ってくる。鈴木はノートブックの画面を森崎に突きつける。

鈴木　森崎君、これ、分かるか？　君がやっているＡＩ天草四郎だ！
谷川　鈴木課長。森崎さんは、
鈴木　分かってるよ。医者から聞いた。
谷川　だったら、
鈴木　だからやってるんだよ。刺激を与えた方がいいって言われただろう。
片桐　鈴木さん。ちょっと強引過ぎます。
鈴木　安静にしたら、回復するのか？　プロジェクトの全体の進行に間に合わなかったら、どう責任を取るんだ？
片桐　いえ、それは……
鈴木　森崎君がいなくても、ＡＩ天草四郎は順調に進むのか？　森崎君、昔のことは忘れていい

谷川　から、天草四郎のプログラムは思い出すんだ。
鈴木　鈴木課長、あんまりです！
谷川・片桐　プロジェクト全体で２０００億円以上の金が動いてるんだぞ！　君に責任が取れるのか！
鈴木　……。
森崎　森崎君、これは君が中心になって進めているＡＩ天草四郎のデータだ。どうだ？　何か思い出さないか？
鈴木　……。（画面を見ようとするが、顔をしかめる）
森崎　森崎君、天草四郎の人工知能だ。思い出さないか？
谷川　……天草四郎（苦しそう）
鈴木　鈴木課長！　やめて下さい！
森崎君！　思い出すんだ！

明かりが変わる。
谷川、少し離れた場所に移動。
鈴木は去る。

医者（声）　入院を続けるより、生活しながら回復を目指した方がいいと思います。森崎さんは、外傷性健忘ではなく、乖離性健忘（かいりせいけんぼう）だと思われます。

谷川　乖離性健忘？

医者（声）　交通事故のケガのせいではなく、心因性ということです。何らかの精神的理由が記憶をブロックしているんです。ですから、過去につながる何かが、糸口になるかもしれません。

谷川　過去につながる何か？

医者（声）　好きだった音楽とか料理とか、昔行った場所とか。とにかく、これからも定期的な診察とカウンセリングを続けましょう。

明かり、変わる。

谷川　さあ、帰りましょう。

森崎　どこへ？

谷川　あなたのマンション。

森崎　マンション……。

谷川　大丈夫。私が連れて行くから。

森崎　どうして？

谷川　どうして？

片桐　谷川さんは、おまえの彼女だって言っただろう。

森崎　彼女……。

片桐　そう。二人はつきあってるんだよ。
森崎　僕は君とつきあっているの？
谷川　……ええ。
片桐　谷川さん、僕も一緒に行こうか？
谷川　いいえ、大丈夫です。さあ、帰りましょう。

谷川、森崎を連れて去ろうとする。
明かり落ちていく。
片桐、秋庭、元の空間に戻って、

片桐　記憶はどれぐらい戻ったんだ？
秋庭　ほとんど戻ってません。ただ、プログラムに関しては、以前やったことは見れば理解します。不思議です。
片桐　完成までどれぐらいかかると思う？
秋庭　……このままだと完成しないと思います。
片桐　どうして⁉
秋庭　社長もお分かりでしょう。
片桐　不可能を可能にするのが仕事なんだよ。

秋庭　鈴木さんみたいなこと言いますね。
片桐　さくらちゃんは、完成させたくないの？
秋庭　絶対に完成させたいです。
片桐　だったら、
秋庭　でも、このままだと無理です。社長、どうするんですか？
片桐　……今日はもう終わろう。お疲れさま。

片桐、去る。
見つめる秋庭。
暗転。

6

暗転の中、西村の声が聞こえる。

西村（声）　来栖さん、おはようございます。
来栖（声）　おお。入って。ドア、開いてるから。

明かりつく。

西村　はーい。

西村、入ってくる。
と、来栖、典型的な天草四郎の格好をして登場。羽織、マント、襞衿（ひだえり）。
ただし、襞衿はかなりでかく、羽織、マントはチグハグで合っていない。

西村　どうしたんですか!?　その格好！

来栖　天草四郎の役作りだよ。外見も内面も天草四郎になりきるんだ。
西村　それ、どこで売ってたんですか？
来栖　魂込めた手作りだよ。これでオーディションに行くからな。どうだ？
西村　絶対に友達になりたくないですね。
来栖　友達じゃないだろ！　マネージャーと俳優だろ！
西村　マネージャーの前に人間ですから。
来栖　（全身を示して）天草四郎っていえば、これだろ！
西村　来栖さん、天草四郎調べました？
来栖　おう！　一杯、調べたぞ。もう天草四郎博士だ。白澤明監督に何聞かれても大丈夫だ。
西村　私も必死に調べました。会社でよく言われるんです。最近の若い奴は、すぐにネットでグ
　　　グッて、ウィキペディア読んだぐらいで調べたって言うって。
来栖　（動揺して）お、おう。
西村　ウソも一杯混じってるネット情報をいくら集めても意味ないんだって。他人と同じことや
　　　るのもダメだって。
来栖　（もっと動揺して）そうだよ。その通りだ。気をつけろよ。
西村　だから、マネージャーとしてちゃんと調べました。自慢じゃないけど、昨日から寝てない
　　　です。
来栖　自慢だろ。

西村　（ノートを取り出して）そもそも、『島原の乱』とはなにか？

来栖　それは島原地方のキリシタンの反乱だな。

西村　（ノートをちらちらと読みながら）１６３７年ですから、今から４００年弱前ですね。起こった理由は三つ。

来栖　三つ？

西村　農民を苦しめた重すぎる年貢。飢饉でお米がないと答えると農民は殺されたそうです。

来栖　（天草四郎になって）あわれよのお。神の祝福を。

西村　それから、キリシタン弾圧。踏み絵を拒むと張り付け、火あぶりになりました。

来栖　（天草四郎になって）むごいことよのお。神の祝福を。

西村　そして、関が原の戦いで負けた豊臣側の浪人達の再起。

来栖　（天草四郎になって）共に戦い、無念をはらしましょうぞ。神の祝福を。

西村　島原の乱が起こるしばらく前から、「宣教師ママコスの予言書」と呼ばれるものが農民の間で語られるようになりました。

来栖　予言書？

農民が４人、現れる。例えば、田植えをしながら、

農民１　聞いたか。ママコス様の予言書。これより25年の後、16歳の神の子が立ち現れるであろう。

農民2　神の子は総てを知り、総てをなす。その時、空の雲が真紅に染まり、草木も家も焼け果てるであろう。
農民3　その御方によって我等は救われる。
農民4　いつじゃ。それはいつのことじゃ。
農民1　今年よ。
農民2　どこじゃ!?
農民3　神の子は、
農民全員　どこにおるのじゃ!?
来栖　ドラマチックじゃねーか！　それが天草四郎なんだな！　俺だぞ！　ここにいるぞー！
西村　この予言書は、大人達がでっちあげたニセモノでした。
農民達・来栖　えっ？
西村　豊臣側で戦った5人の浪人が、農民を煽（あお）り、参加させるためにニセの予言を創ったのです。
農民達　そうなの!?
来栖　いいじゃないか。天草四郎のためにでっち上げたんだろ？
西村　『島原の乱』は、農民が代官を殺したところから始まります。興奮した農民達は、そのまま島原城に攻め込もうとしますがうまくいきません。彼らは、天草にいた四郎に「きりしたんの大将」になって欲しいと頼みます。

農民達は、西村の言葉に合わせて、寸劇を続ける。

来栖　よし。主役は後から出てくるんだな。

西村　これに対する四郎の答えは、

農民達　「我等と心同じくし、二度とキリシタンを捨てないと誓うならば『大将』になろう。大将として方々に押し寄せ、キリシタンにならない者はうち殺す」

来栖　……本気？

西村　本気。キリシタンにならない者はうち殺す。

来栖　（ためらいながら）ほお。

西村　農民達は、代官所はもとより、お寺や神社、キリシタンにならなかった者の家を焼き払いました。

農民1　キリシタンにならぬ者は殺せ！

農民2　寺を焼け！

農民3　偶像を壊せ！

農民4　拒むものは地獄の業火に焼かれよ！

来栖　（もっとためらい）ほお、ほお。

西村　島原城を諦め、長崎に攻め込もうと相談している時に、天草でも農民の反乱が起き、四郎達は助けを求められます。地元の農民達は、四郎達が勝ちそうなら従い、負けそうならすぐに襲いかかりました。

農民1・3　どっちだ⁉

農民2・4　どっちが勝つ⁉

農民1・3　キリシタンか⁉

農民2・4　唐津（からつ）様か⁉

来栖　それから？

西村　天草の富岡城を攻めあぐねた四郎達は島原にあった原城（はらじょう）という古い城に籠城します。そこに集まった人々は、老若男女子供も合わせて3万7千人！

来栖　3万7千人⁉

西村　侍だった浪人が指揮し、村ごとに持ち場を決め、塀や建物を修繕して、堅牢な守りの城を作り上げました。

来栖　それから？

西村　幕府から派遣された総大将の攻撃を打ち破り、12月3日から2月28日まで、三カ月、城を守って戦い続けました。

来栖　三カ月も。やるじゃねえか、天草四郎。

西村　やがて、原城を取り囲む幕府軍12万5千の攻撃と兵糧攻めによって敗れるのです。

農民達　うがっ。（と、倒れる）

来栖　さすが、悲劇の英雄だな。

西村　問題は、

来栖　問題は?

西村　籠城した三カ月間、天草四郎はただの一度も人々の前に現れてないのです。

来栖　一度も?

西村　一度も。

来栖　じゃあ、天草四郎が総大将だって、どうしてみんな分るんだよ?

西村　毎日、二三度、四郎の元から使者が出て、

農民1　持ち場をよく固めよ!

農民2　そうすれば「天国」に行くことができる。

農民3　そうでない者は、

農民4　地獄へ落とす!

来栖　じゃあ、天草四郎は城の中で何やってたんだ?

西村　本丸の天守でずっと祈っていると言われていました。

来栖　ひきこもりか。ヒッキーか。

西村　というより、じつは、10月に戦いを始めて以来、一度も人前に出た記録がありません。

来栖　元祖ヒッキーか。コミュ障なのか?

西村　たった一人、姿を見たという商人の証言がありますが、目撃と伝聞が混乱しています。

来栖　つまり?

西村　3万7千人の総大将なのに、目撃情報皆無。ですから、絵姿も一枚も残されてないのです。
来栖　えっ、じゃあ、これは？（と、自分の格好を示す）
西村　後の人達の創作です。
来栖　なんだよ！　じゃあ、天草四郎って誰なんだよ！
西村　それが、ミステリーです。城が落ちた後、何十という少年の首が集められました。けれど、誰も天草四郎の顔を知らない。母親が連れてこられて、集められた首のひとつを見て号泣したそうです。それで、それが天草四郎の首と判断されました。
来栖　母親？　母親はいるんだ。
西村　天草四郎という人物の母親はいました。ただ、その天草四郎が、本当に『島原の乱』のリーダーかどうかは分からないんです。
来栖　分かんないことだらけじゃないか。
西村　四郎の周りには、四郎と同じ格好をした若者が二十人ほどいたという記録はあります。が、四郎そのものの情報はありません。
来栖　でも、天草四郎は奇跡を起こしたんだろ！　ウィキペディアに書いてあったぞ！
農民達　んだ！
西村　天草四郎がいくつかの手品をしたことは確かなようです。
来栖　手品？
農民1　四郎様の手から雀が現れたぞ！

なんらかの方法で雀を示す。

農民達　（感動の声）
西村　雀を着物の袖に隠して取り出しました。
農民2　竹の中から蟹が出てきたぞ！

なんらかの方法で蟹を示す。

農民達　（感嘆の声）
西村　竹筒の中に蟹を隠してました。
農民3　小石で針を釣り上げたぞ！

なんらかの方法で石を釣り上げる。

農民達　（称賛の声）
西村　小石は磁石でした。
来栖　隠し芸以下じゃないか！　なんだよ！　天草四郎って、どんな奴なんだよ！

西村　こんなに有名なのに、実態はまったく分からないのです。これは、ミステリーです。
農民達　ミステリーです！

農民達、演技を終えて満足そうに去る。

来栖　ミステリーにもほどがあるじゃないか。……こんなんじゃ、どうやって役作りすればいいんだよ。
西村　分かっていただけましたか。徹夜したかいがありました。もう、脳味噌が沸騰して雑炊になってます。
来栖　待てよ。こんなにミステリーなのに、ＡＩ天草四郎をあいつらは創ってるんだよな。データとかどうしてるんだろ。
西村　コンピューターだからなんとかなるんじゃないですか？
来栖　あいつらとコネ作れないか？　うちの事務所の偉い人通してさ。
西村　どうするんですか？
来栖　決まってるだろう。ＡＩ天草四郎のデータを見せてもらうんだよ。
西村　ＡＩはうまくいかなかったじゃないですか。
来栖　コンピューターは失敗していいんだよ。データさえ、見れれば。完璧な役作りになるぞ。
西村　まあ、聞いてみますけど……それより、一人、『島原の乱』で面白い人物がいるんです。

来栖　この人は資料もちゃんと残ってて。来栖さんにぴったりで、ぜひ演じて欲しいんです。
西村　天草四郎以外に俺に相応しい人物がいるわけないだろ！
来栖　まあ、聞いて下さい。原城に最後まで籠城した人数は2万人前後じゃないかと言われているんですが、幕府軍は城の中にいた人を女子供関係なく皆殺しにしました。
西村　むごいことよのお。
来栖　ただ一人だけ生き延びます。その人はじつは幕府軍に寝返ったスパイだったのですが、
西村　スパイ？
来栖　南蛮絵師、つまり西洋の画を描く男です。名前が、山田右衛門作（えもさく）。
西村　却下！　名前で却下！
来栖　でも、天草軍のリーダーの一人でもあったんですよ。
西村　えもさくでスパイで裏切り者って、おまえ、俺の好感度を落としたいのか！　それでもマネージャーか！　さらす！　おまえの体重とウェストと太股のサイズ、絶対にネットにさらす！

来栖、去る。

西村　来栖さん！　今から再現ドラマの水死体の役です！　来栖さん！

西村、後を追う。

7

記者会見で見えた天草四郎の映像が浮かび上がる。
続いて、鈴木の姿。

鈴木　天草四郎さん、恋人はどんな人ですか?
天草（声）　私はデウス様にこの身を捧げた者です。神への感謝、祈りに励む日々に恋人は必要ありません。
鈴木　では、どんな人が好きですか?　好きなタイプ。タイプ、分かりますか?
天草（声）　私は精霊の導きに従って、祈りながらデウス様の道を歩くだけです。
鈴木　ダメだー!　これ、全然、ダメ!　片桐さん!

映像が消え、片桐、森崎、谷川、秋庭が出てくる。

鈴木　ダメだよ、片桐さん。少しは進んだっていうから、期待したのに。この路線で完成してもつまんないよ!　ドラマがないよ!

片桐　ドラマですか⁉
鈴木　そうだよ。大衆が天草四郎に期待しているドラマだよ！
谷川　でも、森崎さん、天草四郎ってこういう人物なんですよね。
森崎　そうです。
谷川　だったら、
鈴木　森崎君、『天草征伐記』や『天草騒動』のデータは入れた？
森崎　それらは、完全に創り物です。戦いの後、50年や100年もたって書かれたものに、天草四郎の真実はありません。
鈴木　『傾城島原蛙合戦』や『魔界転生』は？
森崎　ですから、
片桐　鈴木さん。
鈴木　君達は、AI天草四郎を終わらせたいのか？
森崎・片桐・秋庭・谷川　えっ。
鈴木　天草四郎はイメージ通りのゴリゴリの宗教オタクでした。恋愛も胸キュンのエピソードも何もありません。そんな奴を誰が愛する⁉　誰が研究のために金を出す⁉　AI天草四郎にもう何十億の金がつぎ込まれてると思ってるんだ！
片桐　それは分かりますが、
鈴木　このままだと、AI天草四郎の開発は中止になるぞ。おまえ達はそれを予感しながら、A

I天草四郎を育てようとしないんだ！

秋庭　どうしろっていうんですか？

鈴木　だから言ってるだろ！　歴史的に信用できる一級資料じゃあ、天草四郎の中核データは手に入らない。無理すれば、発表会みたいに失敗する。

片桐　だから？

鈴木　だから、我々の手で魅力的な天草四郎を創り上げるんだよ。ポルトガル人を母に持ち、バテレンの妖術が使える、人間臭い、チャーミングな奇跡のヒーローにするんだよ！

森崎　そんな無茶苦茶な。

鈴木　このまま、AI天草四郎の開発を終わらせる方がよっぽど無茶苦茶だ！　おまえ達は、AI天草四郎を全然愛してない！

片桐　そんなことはないです！

鈴木　俺はこのプロジェクトを絶対に成功させたいんだ！　AI天草四郎を一番愛しているのはこの俺だよ！　もっとAI天草四郎を愛せよ！　心から情熱を持って、愛し抜けよ！

全員　……。

鈴木　何冊もある『天草軍記』のデータから天草四郎を創り上げるんだ。片桐さん。いいですね。

片桐　あ、はい、あ、あの、いえ。

鈴木　谷川、社に戻るぞ。

谷川　えっ。……はい。

鈴木、去る。

谷川　すみません。失礼します。

谷川、去る。

片桐　森崎君、そういうことだから。
森崎　片桐さん！
片桐　鈴木さんの言ってることも一理あると思うな、うん。君も、ＡＩ天草四郎、続けたいだろう。
森崎　だからって、
片桐　秋庭君。君はどう思う？
秋庭　とにかく、入力できるデータが少なすぎます。周辺情報をいくら入れても、天草四郎にはたどり着けません。
片桐　だから、鈴木さんの言う文献を入力しよう。それなら、問題は解決だ。うん、うん。
秋庭　それが正しいかどうかは分かりません。
片桐　森崎君。期待してるよ。とびきり魅力的な天草四郎を創ってくれ！　じゃあ。

片桐、飛ぶように去る。

森崎　片桐さん!
秋庭　……鈴木さんの言うデータを入れますか?
森崎　そんなことをしたら天草四郎じゃなくなる。
秋庭　森崎さんが復帰する前、一度、社長が『島原記』のデータを入れたことがあるんです。
森崎　人格が混乱して大変なことになっただろう。
秋庭　ええ。
森崎　ニセモノの天草四郎を創るわけにはいかない。
秋庭　……。
森崎　もうごまかせない。もう言わなくちゃいけない。
秋庭　何を?
森崎　……僕は記憶喪失じゃないんだ。
秋庭　えっ?
森崎　記憶をなくしたんじゃないんだ。
秋庭　でも、いろいろ忘れてるじゃないですか。私の名前も思い出さなかったし、
森崎　思い出さなかったんじゃない。僕はそもそもあなたを知らない。

秋庭　えっ？
森崎　知らない人を覚えているわけがないんだ。
秋庭　知らない？
森崎　知らない世界のことは分からない。
秋庭　森崎さん。
森崎　それも僕の名前じゃない。
秋庭　それは記憶をなくしてるから、
森崎　違う。僕は森崎という名前じゃないから、分からないんだ。
秋庭　えっ？
森崎　僕の名前は森崎じゃない。
秋庭　……じゃあ何？
森崎　私の名は天草四郎だ。
秋庭　……えっ？
森崎　私は天草四郎です。
秋庭　からかってる？
森崎　どういう意味です？
秋庭　冗談？
森崎　何がですか？……私は天草四郎です。

秋庭　天草四郎は、４００年ぐらい前の人よ。
森崎　そうです。それは分かっています。主が復活したように、デウス様のお力により奇跡が起きたのです。時を超えたのか、魂が乗り移ったのか。私には分からない神の御業によって、天草四郎は蘇ったのです。でも、それを言っても誰も信じてくれないと思ったから、記憶喪失のふりをしたのです。
秋庭　ふり？
森崎　私は天草四郎ですから、森崎賢介と名乗る人物のことは何も分かりません。ですから、記憶喪失と言ったのです。
秋庭　でも、人工知能の知識は戻ってきたじゃないですか⁉
森崎　自分では理解できません。あなた方が森崎賢介と呼ぶ人物の記憶がどこかに残っていたのか。人工知能とはいえ天草四郎に関係する知識だから浮かぶのか。デウス様のお力なのか。
秋庭　……そんな。
森崎　いずれは言わなければいけないと思っていました。驚かせてすみませんでした。
秋庭　あー、いえ、うん、あー、天草四郎さんですか？
森崎　はい。天草四郎です。分かっていただけましたか。
秋庭　あー、うん、大丈夫です。
森崎　私は正式に天草四郎と名乗り出ます。虐げられた人々を救うために、私はもう一度復活したのです。

秋庭　虐げられた人？
森崎　秋庭さん、あなたは隠れキリシタンですね。
秋庭　えっ？
森崎　あなたから、隠された深い悲しみを感じます。それは隠れキリシタンの匂いです。
秋庭　いいえ、私は隠れキリシタンじゃないです。
森崎　それでは、転んだのですね。踏み絵は苦しかったでしょう。
秋庭　なんの話ですか⁉
森崎　私には分かります。あなたはずっと深い苦しみを隠している。あなたの全身から、悲鳴が聞こえます。
秋庭　悲鳴……
森崎　さあ、コンフィッサオをなさい。天草四郎が神に代わってお聞きします。
秋庭　コンフィッサオ⁉
森崎　心の奥深くに隠している罪を告白することです。信仰を捨てたことは少しも恥じゃない。さあ。

森崎、優しく秋庭に近づく。

秋庭　……失礼します！

混乱したまま走り去る、秋庭。

森崎　……焦ることありません。デウス様が守って下さいます。

森崎、去る。

8

片桐がうろうろしている。

と、帰り支度の秋庭が出てくる。

片桐　さくらちゃん、今日はもう終わるの？
秋庭　あ、はい。
片桐　森崎君は？
秋庭　あ、まだ、仕事じゃないですかね。
片桐　そう。……ごめんね。
秋庭　えっ？
片桐　さくらちゃんの言ってること、正しいんだ。
秋庭　正しい？
片桐　こんなに少ないデータでＡＩ天草四郎を創れるはずがないし、でっち上げたくないし。でも、鈴木さんの言う通りしないと会社潰れるし。
秋庭　……。

片桐　突然なんだけどさ、さくらちゃん、つきあっている人、いるの？
秋庭　えっ？……どうしてですか？
片桐　いや、あの、さくらちゃん、可愛いし、誰かいるのかなあって。
秋庭　いません。
片桐　そうなんだ、うん、そうかあ！　それは、それは。
秋庭　もういいですか？（帰ろうとする）
片桐　いや、さくらちゃん、あの、よかったら、僕とつきあってくれないか⁉
秋庭　えっ？
片桐　僕は前からずっーとさくらちゃんのことを好きだったんだ！　確かに、僕は、熱い！　近い！　ウザイ！　でも、君への愛は本物なんだ！
秋庭　社長……。
片桐　肩書で呼んじゃダメ！　片桐って呼んで！　片桐大作、さくらちゃんが好きだ！
秋庭　……。
片桐　僕のことを、ただ、ソフトハウスのインテリ社長だって思ってるでしょ。違うんだよ！　さくらちゃんの知らない部分が僕にはたくさんあるんだよ！
秋庭　……知らない部分？
片桐　僕ね、仏教ジャンプが得意なんだよ。
秋庭　仏教ジャンプ？

片桐　そう。ほら！

突然、片桐、仏教ジャンプを始める。（「仏教ジャンプ」とは、飛び上がった時に足を座禅するように縮めるジャンプです。できない場合は、演じる俳優の得意なフィジカルな動きにして下さい。「エビ反りジャンプ」とか「ボックスステップ」とか「盆踊り」とか）

片桐、飛びながら、

片桐　ほら！　すごいでしょ！　高いでしょ！　仏教でしょ！　すごい！　高い！　ありがたい！

秋庭　……。

片桐　インテリなのにこんなにジャンプできるんだよ！　シンギュラリティを語れるアスリートなんだよ！　大乗仏教ジャンプ！　小乗仏教ジャンプ！　すごくない！　すごいよね！　悟りながら飛べるって素晴らしいよね！（他の動きの時は、セリフを適時変えて下さい。「盆踊り」を見せた時は、「ほら！　楽しいでしょ！　伝統でしょ！　土臭いでしょ！　楽しい！　ノンキ！　クールジャパン！」とか）

片桐、仏教ジャンプをやめて、

片桐　どう？
秋庭　どうって言われても……。
片桐　さくらちゃん、僕、二重飛びも得意なんだ！

片桐、どこからともなく縄跳びを取り出し、いきなり、二重飛びを始める。

片桐　（飛びながら）さくらちゃん！　二人で、この会社を大きくしていこう！　今は苦しい！　でも、絶対に僕はやり遂げる！　ＡＩ天草四郎を絶対に成功させて、君を幸せにする！　だから、僕とつきあって欲しい！　二重飛びラブ！　一重飛びラブ！　走り飛びラブ！　（これも、二重飛びが難しければ、その俳優の得意なフィジカルに変えて下さい。「フラフープ」とか「お手玉」とか）
秋庭　……社長。

片桐、二重飛びをやめる。急に運動したので一瞬、吐き気が出てえづく。

片桐　さくらちゃん、僕、三点倒立も得意なんだよ。見て！　これが僕のさくらちゃんへの気持ちだから！

片桐、息が上がりながら、三点倒立を始める。
ゆっくりと足が上がる。

片桐　ほら！　君への思いの三点倒立！　空に向かって伸びる足！　伸びて君の胸に突き刺され！（これも、三点倒立ができない場合は、「ブリッジ」とか「Y字バランス」とかに変えて下さい。なるべく難しいものがいいと思います）

秋庭、小さく会釈して去る。

片桐　（気付かない）さくらちゃん！　どう！　三点倒立自転車こぎ！　今、僕は地球を支えて走ってる！

男子社員、登場。

男子社員　……社長、何してるんですか？
片桐　えっ!?　いや、ストレッチをね。どうしても運動不足になるから。
男子社員　そうですか。秋庭さん、知りませんか？
片桐　えっ？　あ、今、音もなく帰ったみたい。

男子社員　そうかあ。残念だなあ。お願いしようと思ったのに。

片桐　何？　仕事か？

男子社員　え、いえ。いや。

片桐　なんだよ？

男子社員　だから、アレですよ。

片桐　あれ？

男子社員　社長、知りませんか？

片桐　何？

男子社員　まいったなあ。社長は知らないんだ。ごめんなさい、忘れて下さい。

片桐　忘れられないよ。なんだよ？

男子社員　……秋庭さん、頼んだらやらせてくれるんです。

片桐　は？

男子社員　内緒ですよ。

片桐　どういうことだ？

男子社員　だから、そういうことです。丁寧に優しく頼んだら、やらせてくれるんです。お金も取らないで。

片桐　どうして？

男子社員　それは僕にも分かりません。でも、やらせてくれるんです。

片桐　やったの？

男子社員　ええ。

片桐　どうして？

男子社員　だから、やらせてくれるからです。僕だけじゃないですよ。この会社だと、アルバイトいれて5人ぐらいやってます。

片桐　5人……。

男子社員　断られた奴もいるんですけどね。あ、社長は大丈夫だと思いますよ。これ、内緒ですからね。バイト君に広がったら、なかなか、順番回ってこなくなるから。じゃ、失礼します。

男子社員、去る。

片桐　……。

暗転。

9

森崎が浮かび上がる。

森崎　隠れキリシタンのみなさん。心ならずも信仰を捨てたみなさん。時の政府に苦しめられ、自分を裏切り、転んでしまったみなさん。天草四郎です。みなさんと共に、もう一度、戦うためにデウス様のお力により、ここに蘇りました。デウス様はもう一度、この現世(うつしよ)に、私をお使わしになったのです。主は言われました。「わたしが来たのは地上に平和をもたらすためだ、と思ってはならない。平和ではなく、剣をもたらすために来たのだ。わたしは敵対させるために来たからである。人をその父に、娘を母に、嫁をしゅうとめに」天草四郎は、みなさんと共にもう一度戦います。そして、この世に神の国を創り上げましょう。信仰を捨てた人も、信仰を隠していた人も、信仰を続けていた人も、信仰を忘れた人も、みな、天草四郎の元に集うのです。この天草四郎の元に！

森崎の姿、見えなくなる。

同時に、画面を立ち上げたままのノートブックPCを持った鈴木が現れる。

鈴木　谷川！　谷川！

谷川、現れる。

谷川　なんですか？
鈴木　これ見ろ。

谷川、パソコンの画面を覗く。

鈴木　今、プロジェクト本部から連絡が入った。天草四郎のエゴサーチしてたら見つけたって。
谷川　（画面を見つめながら）え⁉
鈴木　なんなんだ、これは！
谷川　……。
鈴木　これはギャグか？　本気なら気が狂ったってことだぞ！
谷川　連絡してみます。

森崎と片桐、その後ろに秋庭が現れる。

鈴木と谷川も同じ空間に。
そこはトアッドハートの職場。

片桐　森崎君！　どういうこと⁉　何考えてるの⁉　ギャグ？　計算？　キャンペーン⁉
森崎　全部、違いますよ。ただ、私は本当のことを言ってるだけです。
片桐　本当？　本当って何？
森崎　だから、私は天草四郎です。森崎という名前ではありません。
鈴木　とにかく、Ｙｏｕｔｕｂｅの動画はいますぐ削除するんだ。
森崎　どうしてです？
鈴木　どうして⁉　決まっとるじゃないか！　君は、トアッドハートの社員だぞ！　ＡＩ天草四郎を開発しているってマスコミに発表したんだよ！　その社員が、自分は天草四郎だって言い出したら、世間はどう思う！
森崎　どう思うんですか⁉
鈴木　度が過ぎた悪ふざけか、働き過ぎて気が狂ったと思うんだよ！　会社も天草四郎プロジェクトもうさん臭く見られるんだよ！
森崎　会社にもプロジェクトにも迷惑はかけません。
片桐　森崎君、もう迷惑かけてるよ。
森崎　社長、今までお世話になりました。トアッドハートを今日付けでやめさせていただきます。

片桐　どうして⁉

森崎　天草四郎にはやることがあるんです。私を待つ隠れキリシタンのために、私は活動を始めなければいけません。

秋庭　ＡＩ天草四郎はどうするんですか⁉

森崎　天草四郎はここにいるんです。もうＡＩを創る必要はないでしょう。

谷川　プロジェクトを途中で放棄するの⁉

鈴木　それが、一番の迷惑だよ！

森崎　申し訳ないと思います。ですが、私には待っている人がいるのです。今までお世話になりました。

片桐　森崎君！

鈴木　谷川、なんとかしろ。なんとかしろ！

谷川　……二人にして下さい。

片桐　うん、うん。お願いします。

鈴木、片桐、秋庭、去る。

谷川　冗談よね。そうよね？

森崎　何がですか？

谷川　頭痛い？

森崎　いえ、やっと正直に言えて、ホッとしてすっきりしています。

谷川　賢介。本当のこと言うね。賢介は、事故に会う前、ずっと天草四郎のことを考えてたの。だから、自分のことを天草四郎だと思うようになったの。それだけのことなの。

森崎　だったらいいですね。

谷川　えっ？

森崎　だったら、自分の運命にこんなに震えることはないのに。

谷川　震える？

森崎　これから先の自分のなすべきことの大きさ、試練と栄光に震えています。

谷川　これは精神的な問題なの。病院に行って、お医者さんに診てもらいましょう。

森崎　今までどうもありがとう。

谷川　……今晩、行くね。ゆっくり話そう。

森崎　私の部屋は、今日から虐げられた人々が祈り、安らぐ教会になります。

谷川　教会。

森崎　いつでも祝福を差し上げます。それでは。

森崎、去ろうとすると、その前に、秋庭が現れる。

秋庭　あの、天草四郎の動画の反応はありましたか？　隠れキリシタンからのメールは？
森崎　えっ……いえ、まだ一通もありませんが。
秋庭　私、天草四郎様のお手伝いします。
森崎・谷川　えっ？
秋庭　動画を何本もアップしたり、いろんな掲示板に四郎様の言葉を書いたり、できることは何でもします。とにかく四郎様の言葉を多くの人に広げます。
森崎　ありがとうございます。
秋庭　その代わり、お願いがあります。
森崎　祝福ですか？
秋庭　メールを待つ間に、隠れキリシタンに言葉が届くまでの間に、ＡＩ天草四郎を完成させて下さい。
森崎・谷川　えっ。
秋庭　天草四郎ですから、ＡＩ天草四郎のデータ入力は簡単ですよね。ご自分のことを入力すればいいんだから。
森崎　それはそうですが。
谷川　秋庭さん……。
秋庭　どれぐらいで完成すると思われますか？
森崎　まあ、一週間かかるかかからないか。

秋庭　その間、私、一生懸命、四郎様の言葉を広くたくさん届けるようにしますから。やがて、人々が集うまでの間。今の間だけ、ＡＩ天草四郎の完成に力を貸して下さい。
森崎　それは……。
秋庭　ねえ、谷川さん。それがいいですよね。
谷川　えっ、……ええ。
秋庭　お願いします。ＡＩ天草四郎、完成させて下さい。私達を助けて下さい。
森崎　……。

考え込む森崎。
見つめる秋庭と谷川。
暗転。

10

来栖が電話をしている。

来栖　あ、すみません。先日取材させていただいた『アベバベベロベロバー』の俳優来栖隼人と申します。じつはですね、ＡＩ天草四郎を作り上げる苦労やいろんな話、また聞かせていただきたいんです。いえ、そこをなんとか。いやもう、すごい番組にしますから。いい宣伝になりますよ。……もしもし！　ちょっと！　片桐さん！

西村、スマホを持ち、イヤホンを耳にさして、出てくる。

西村　来栖さん、大変です！
来栖　どうした？
西村　これ見て下さい。（と、スマホを見せ、イヤホンも貸す）
来栖　なんだよ？（と覗き込む）
西村　ネットで天草四郎の最新情報、チェックしてたんです。そしたら、

来栖　（画面を見つめて）……なんだよ、これ。
西村　この人、記者発表にいましたよね。本気で自分を天草四郎だって思ってるんですかね？
　　　なんでこんなこと言うんでしょう？
来栖　……こいつも役者志望だな。
西村　え⁉
来栖　顔見たら分かる。これは役者をやりたい顔だ。くそう。こんな手があったか。天草四郎を
　　　やりたいっていうアピールだよ。
西村　役者ですか？
来栖　そうだよ。自分が開発したから、天草四郎についていろいろ知ってるんだ。ちくしょう。
　　　白澤明監督はこういうのに弱いんだ。
西村　まさか。
来栖　それ以外に、自分が天草四郎だって言い出す理由があるか？
西村　だとすると強敵ですね。ビジュアルじゃあ、完全に負けてるし。
来栖　今、なんて言った？
西村　あ、いえ、……トアッドハートの取材、どうなりました？
来栖　急にガードが固くなりやがった。完成まで一切の取材を受け付けないんだと。
西村　どうして……。
来栖　ひょっとしたら、こいつのためかもしれんな。天草四郎のデータを独占してオーディショ

ンを有利にしようって。

西村　はあ……。また少し、天草四郎について調べてみたんですけど。聞いてくれますか？

来栖　なんだ？

西村　原城に立てこもった天草四郎達と取り囲んだ幕府軍は、矢文（やぶみ）で会話していたんです。

来栖　矢文？

西村　ほら、弓矢の矢に手紙をくくりつけたやつ。

来栖　知ってるよ、それぐらい。

西村　幕府軍は、最初の攻撃に負けて以来、兵糧攻めに戦法を変えました。一カ月、二カ月と立つうちに、さすがに3万人以上が籠城する原城では、食べ物がなくなり始めました。

農民達、登場。

農民1　腹減ったー！

農民2　腹減ったー！

農民3　腹減ったー！

農民全員　腹、減ったー！

西村　そんな時に矢文が飛んできます。

農民4、矢文になるか、矢文を持つか、矢文を頭につけてくるか。

農民4　ひゅんひゅんひゅんひゅんひゅん、ズサッ！

農民1・2・3　お、なんだなんだ？

農民1　（文章を読む）あなたたちはこの古い城にいつまで立てこもるつもりなのか？

農民2　（読む）もし、そちらの申すことが理にかなっていれば、その願いをかなえる用意もある。

農民3　（読む）今年に関しては年貢を免除してもよい。

農民1・2・3　（一瞬考え込む）うーん。

農民1　われら一同は年貢取り立てのあまりの酷い仕打ちに立てこもるしかなかったのです。

農民2　我々は戦います。

農民3　我々は死を恐れません。

農民1　我々はデウス様を信じる限り、はらいそに行くことができます。

農民2　キリシタンの教えを信じ、

農民3　広める自由をお与え下さるなら、

農民1・2・3　この城を出て行きましょう！

来栖　それは無理だろう。徳川幕府が禁じてるんだから。

西村　だんだんと食糧が尽き始め、人々の間に不安が広がり始めました。

農民1　デウス様は何をお考えになっているのだろう。

農民2　デウス様は我々をいつまで放っておかれるのか。
農民3　デウス様の奇跡は、本当に起こるのだろうか？
農民4　いや、デウス様のなさることに間違いのあるはずがない。
農民1　デウス様はまもなく、私達を助けにきて下さる。
農民2　それはいつなんだ⁉
農民達　それはいつなんだ⁉
西村　そんな時、一通の矢文が幕府に向かって放たれます。
農民4　ひゅんひゅんひゅんひゅんひゅん、ズサッ！

農民達、武士に変わる。

武士1　（読む）おお、城内に火を放ち、
武士2　（読む）混乱に乗じて天草四郎を連れ出し、
武士3　（読む）捕虜にしますという計画が書かれておる！
来栖　ほお。
西村　幕府軍は返事を送りました。
武士1　その計画、承知。
武士2　我々も共に動こうぞ。

武士3　いざ！

武士1・2・3　きりきりきり、しゅぱっ！

農民4　ひゅんひゅんひゅんひゅんひゅん、ズサッ！

西村　ですが、その返事の矢文を、天草側は見つけます。

武士から農民に戻って、

農民1　なんじゃこりゃー！

農民達　裏切り者じゃー！

西村　その裏切り者こそ、山田右衛門作(えもさく)だったのです。

来栖　右衛門作はいい！　もう、いい！

西村　食糧がなくなり、脱走する者が増えていく城内で右衛門作は幕府軍につく決心をしたのです。が、右衛門作は捉えられ、城内の牢に入れられます。

農民2、右衛門作となる。

農民1　裏切り者！

農民3　恥を知れ！

農民4　死ぬのが怖くなったのか！
農民2　（悲鳴）
西村　ところが、牢に入れられたことで、幕府軍の城攻めを避けられ、結果的に、ただ一人、生き延びることができました。
来栖　いいって言ってるだろ！
西村　でも、右衛門作はすごいんですよ。天草四郎達の旗を描いてるんですよ。

山田右衛門作が描いたと言われている旗が映される。

農民達　（口々に）旗じゃ！　我等の旗じゃ！
来栖　右衛門作はもういい！（農民達に）おまえ達も、もう出てこなくていいから。退場！

農民達、なんとなく名残惜しそうに去る。

来栖　……この前の発表会の映像、あるか？
西村　えっ？　ええ。

と、スマホを取り出す。

来栖　絶対に天草四郎を演じるんだ。そのためには、なんか、手がかりを見つけないとな。……ＡＩ天草四郎は何をしゃべったか。

西村　はい。（と示す）

来栖　なんか、天草四郎の人柄が分かる手がかりが……え!?（と、画面を見つめる）

西村　どうしました？

来栖　……間違いない。なんだよ、そういうことか。

来栖、突然、去る。

西村　ちょっと！　来栖さん！　今日は、『シン・モスラ』の逃げるエキストラですよ！　来栖さん！

慌てて追いかける西村。

11

鈴木、片桐、谷川、秋庭が出てくる。

鈴木　それはダメだよ！　森崎の個人データを入れてるだけじゃないか！
秋庭　どっちもどっちです。
鈴木　どっちもどっち？
秋庭　森崎さんの思い込んだデータを入れるのも、「天草軍記」の派手なデータを入れるのも。どっちも嘘ですから。
鈴木　嘘じゃないよ！　たくさんの「天草軍記」には民衆の願望が詰まってるんだ。
秋庭　何冊も「天草軍記」を入れると、人格は分裂します。
鈴木　分裂？
片桐　それぞれの本が勝手に派手な天草四郎を書いているので、一人の人物にならないんです。
鈴木　片桐さん。人間とAIの違いは、創造性、クリエイティビティがあるかないかだって言ったよね。膨大な天草軍記のデータを入れれば、人間のような創造力が生まれて、人格が統一されるんじゃないの！

片桐　それはあくまでも、予想でして。そうなるかどうかは、賭で、
秋庭　ですから、人格的に統一された森崎さんに任した方がまだいいと思います。今、森崎さんは猛烈な勢いで自分のデータを入力してます。水飴が好きで、キュウリとレンコンが嫌いだそうです。
片桐　嬉しいんだか悲しいんだか、複雑な気持ちです。
秋庭　このままいけば、一週間以内にＡＩ天草四郎は完成です。
片桐　一週間以内です！
鈴木　彼は気が狂ったんだぞ。
谷川　鈴木課長。
秋庭　分かんないじゃないですか。
鈴木　分かんない？
秋庭　私達は、人間そっくりのコンピューターを創ろうとしてるんです。その逆だってありだと思います。
鈴木　逆？
秋庭　コンピューターそっくりの人間です。
鈴木　(同時)なに？
片桐・谷川　(同時)えっ？
秋庭　森崎さんはＡＩ天草四郎になろうとしてるのかもしれません。

鈴木　君まで狂ったのか?
秋庭　私は冷静です。
鈴木　ただでさえ、綱渡りなんだぞ。自分を天草四郎って言ってる男をこれ以上、抱え込んでも、
谷川　その点は安心していいと思います。
鈴木　どういうことだ?
谷川　動画のコメントは、笑うかバカにするかで、全体的に薄い反応です。視聴数も数百ビュー で止まってます。
鈴木　そうなのか?
谷川　世間の反応は冷静です。これから先も変わらないでしょう。森崎さんにとってはいいこと だと思います。
鈴木　それなら、まあ、いいけど、
秋庭　でも、それじゃあ、森崎さんは納得しないと思います。ちゃんと盛り上げないと。
谷川　盛り上げる?
秋庭　天草四郎のツイッターもフェイスブックも立ち上げました。歴史と宗教関係の掲示板にも 書き込んで、動画も10本は投稿します。
片桐　いや、さくらちゃん、あんまり盛り上げない方が、
秋庭　それが森崎さんの希望です。
鈴木　……君はクリスチャンか?

秋庭　いえ。
鈴木　じゃあ、森崎君を好きなのか？
片桐　え⁉
秋庭　いえ。違います。
鈴木　だったら、
片桐　鈴木さん。とにかく、しばらく様子を見ませんか。森崎君のデータはさくらちゃんがチェックしてますから。
鈴木　ドラマチックじゃない天草四郎なんていらないんだ。
片桐　分かってます。
鈴木　谷川。社に戻るぞ。何かあったら、すぐに連絡するように。
片桐　はい。

鈴木、去る。

谷川　よろしくお願いします。

谷川、後を追う。

秋庭　森崎さんの傍に戻ります。
片桐　ああ。頼む。

秋庭、去りかける。
片桐、ハッしたように、

片桐　あの、さくらちゃん。
秋庭　はい？
片桐　あのね、ちょっと聞きたいことがあるんだけど。
秋庭　なんですか？
片桐　……いや、なんでもないんだ。うん。大丈夫。
秋庭　？

秋庭、去る。
片桐、思わず、しゃがみ込み、三点倒立（か、何かフィジカルなこと）を始める。
待たずに、暗転。

12

アドワイドカンパニー
鈴木が大きな四角い絵を持ったまま、しみじみ見ている。それは、海を照らす真っ赤な夕焼けの風景。
谷川が登場。

谷川　ツイッターとフェイスブックのフォロワー、今のところ、200、いってません。
鈴木　そうか。秋庭って女は何を考えてるのか。余計なことをして。
谷川　新しい動画も上がってます。
鈴木　新しい動画!?
絵を壁に立てかけ、スマホを出して、検索しようとする。
谷川　コメントは30、いってません。
鈴木　……頭痛いなあ。なんでこんなことになるんだろうなあ。テレビも映画も他のプロジェク

ト は順調なのに。
谷川 まあ……（絵を見て）それは、なんですか？
鈴木 おお、プロジェクト本部から借りてきた。山田右衛門作の描いた絵だ。
谷川 山田右衛門作の？ 本物ですか？
鈴木 間違いない。有明海かな。
谷川 これが……
鈴木 島原の乱でたった一人、生き残った画家が描いた絵だ。
谷川 何かに使うんですか？
鈴木 いや、本部も今のところ、使い道がないって言うから貸してもらった。本当は俺が買いたいんだが、
谷川 高いんですか？
鈴木 いや、美術史的には、西洋画の模倣だからな。まあ、行って数百万じゃないか？ それでも俺には手が出ないけどな。
谷川 そうですか。
鈴木 これから、天草四郎プロジェクトが成功したら、山田右衛門作は有名になる。そうしたら、何千万になるかもしれんな。
谷川 そうですね。
鈴木 なんだか、見れば見るほど、吸い込まれていく感じなんだよなあ。

谷川　課長、絵に興味があったんですか？
鈴木　全然。でも、なんかなあ、山田右衛門作だと思うとなあ。二度裏切った男だからな。
谷川　二度？
鈴木　キリストと仲間たち。
谷川　なるほど。
鈴木　一緒に籠城した妻と子供は裏切ったとバレた後に、天草軍に殺されたんだ。たった一人、生き残って、何を考えてたんだろうなあ。
谷川　なんでしょうねえ。
鈴木　その後、ずっと一人で生きてるんだよなあ。地獄だったんじゃないかなあ。
谷川　……。
鈴木　森崎の入れたデータが使い物にならない時は、やりなおしだ。
谷川　はい。
鈴木　その時は、「天草軍記」を入力させるんだぞ。言うことをきかなかったら、セックスさせないとか、女、使え。
谷川　課長。
鈴木　うん。セクハラにパワハラ。俺、得意だから。だって、このプロジェクトを一番、愛してるのは俺だから。
谷川　……。

鈴木　今晩、会うんだろ？
谷川　えっ……ええ。
鈴木　本当に天草四郎なら証拠を見せろって迫るのもいいな。
谷川　失礼します。

谷川、去る。
鈴木、絵をしみじみ見て、

鈴木　なんだろうなあ。なんでこんなに惹きつけられるんだろうなあ。なんか、山田右衛門作の魂を感じるんだよなあ。たいした絵描きじゃなかったはずなのに……でも、惹きつけられるんだよなあ。

見つめる鈴木。
と、絵から妖しい光が現れる。そして、鈴木の体に入っていく。体がびくんとする鈴木。

鈴木　……（呆然とした表情）

暗転。

13

明かりがつくと、森崎が険しい顔でパソコンを見ている。
秋庭が戻ってくる。

森崎　どういうことでしょう⁉
秋庭　何がですか？
森崎　私の動画へのコメントです。
秋庭　……見てしまったんですか？
森崎　きちがい……ナルシスト……笑える冗談にしろ……ちゃんとコスプレしろ……なんですか、これは。
秋庭　だから、見ない方がいいと言ったんです。
森崎　メールもまだ一通も来ていません。
秋庭　私に任せて、仕事をしてください。
森崎　どういうことです⁉　どうして、隠れキリシタンは連絡をしてこないのですか⁉
秋庭　それは……

森崎　復活した私はもう無用の者なのですか⁉　原城を守りきれなかった私には、もう、総大将の資格がないのでしょうか？

秋庭　違います。

森崎　では、なぜです⁉

秋庭　お分かりにならないんですか？　もう、隠れる必要がないからです。

森崎　えっ？

秋庭　「隠れキリシタン」はもういないんです。今は「隠れないキリシタン」です。

森崎　「隠れないキリシタン」？　いつから？

秋庭　もう100年以上前？　から。

森崎　そんな昔から……。だから、ネットのどこを探しても、「隠れキリシタン」のサイトがなかったのですか……。

秋庭　（少し驚いて）本当に分からなかったんですか……。

森崎　けれど、「隠れないキリシタン」にとっても、私は聖人の一人でしょう？　3万7千の信徒を率いて、圧政と戦った主の下僕（しもべ）ですよ。

秋庭　天草四郎は聖人には認定されていません。

森崎　えっ？

秋庭　ローマ・カトリック教会は、16世紀に殉教した20人の日本人を聖人として認定しました。その名前は今もヨーロッパで知られています。けれど、天草四郎は聖人ではありません。

森崎　そんな……なぜです⁉
秋庭　分かりません。
森崎　……私は聖人に列せられていない。
秋庭　はい。
森崎　キリシタンは隠れていない。
秋庭　はい。
森崎　農民は？　重税に苦しみ、打ち首になる農民は？
秋庭　税金は大変ですが、打ち首にはなりません。
森崎　では、私はなんのために復活したのですか⁉
秋庭　分かりません。
森崎　……。
秋庭　すみません。
森崎　あなたは？　あなたはどうして私の世話をしてくれるのですか？　ただＡＩ天草四郎のための仕事ですか？　それにしては（親身な感じがして）
秋庭　クリスチャンじゃなくても、コンフィッサオをしていいんですか？
森崎　……もちろんです。あなたは何を隠し、何から隠れているのですか。さあ、お話し下さい。
秋庭　私は……人間をやめたいんです。
森崎　えっ？……人間をやめたい？

秋庭　人間をやめて、人工知能になりたいんです。だから、この会社にいるんです。
森崎　……。
秋庭　狂ってるって思ってもかまいません。
森崎　コンフィッサオはデウス様への言葉です。神は総てを受け入れてくれます。さあ、続けて。
秋庭　私は、生きている感覚がないんです。
森崎　……。
秋庭　生きているという演技はできます。でも、なんていうか、生きてるっていう実感がないんです。私は自分がソーシャル・ロボットのような気がするんです。
森崎　ソーシャル・ロボット。
秋庭　人間とコミュニケイションできるロボットです。手を切って流れるのは熱い血ではなく、潤滑オイルのような気がします。だから私はあなたを手伝いたいんです。
森崎　どうしてですか？
秋庭　データ入力が終わってAI天草四郎が完成したら、お願いがあります。
森崎　なんですか？
秋庭　二人目からのAIは、比較的簡単にできるはずです。
森崎　二人目？
秋庭　AI秋庭さくらを創りたいんです。
森崎　AI秋庭さくら……つまり、あなたの人工知能ですか。

秋庭　ＡＩ秋庭さくらができたら、私はもうこの世界にいなくてもよくなります。
森崎　この世界に？　どこかに行くのですか？
秋庭　どこにも行きません。消えるんです。
森崎　消える……
秋庭　本当は今すぐ消えたいんです。でも、私は弱いから、私が生きてきた何かを残したいって思っちゃうんです。何も残さないまま消えるのはすごく悲しいんです。
森崎　どうして消えたいのですか？
秋庭　これが私のコンフィッサオです。だから四郎様。ＡＩ天草四郎を完成させて下さい。そして、私に協力して下さい。
森崎　……少なくとも、あなたにとっては、私が復活した意味はあったんですね。
秋庭　えっ……はい。

片桐が入ってくる。

片桐　ちょっといいかな。さくらちゃん、お客さんだ。
秋庭　お客さん？　誰ですか？
片桐　それが、発表会で質問したレポーターなんだ。「なんで四郎っていうのか」ってとんでもないこと聞いた奴。

秋庭　あの人が私に？　どうして？
片桐　それが、さくらちゃんの中学の同級生だって言うんだよ。
秋庭　同級生？
片桐　佐藤金太郎(さとうきんたろう)って言ってる。
秋庭　佐藤金太郎……
片桐　どうする？　会う？
秋庭　いえ。人違いだと思うので、断って下さい。
片桐　分かった。……どう、順調？
秋庭　ええ。大丈夫ですよね、四郎様。
森崎　えっ……ええ。
片桐　うん。それならいいんだ。

　　と、来栖と西村が入ってくる。

来栖　秋庭！　やっぱり、秋庭だよな！
片桐　勝手に入っちゃダメだよ！

　　片桐、来栖を追い出そうとする。

西村がそれを止める。

西村　まああまあ。ごめんなさいね。

来栖　待ちきれなくて。秋庭！　俺だよ！　佐藤金太郎だよ！　なっつかしいなー！

秋庭の体が強張る。

秋庭　……。

来栖　発表会の時にね、あれって思ったんだよ。だから、今日、あらためて会いに来たんだ。秋庭、元気だった？

秋庭　人違いです。

来栖　何言ってるんだよ。忘れたの？　東山第二中学だったじゃないか！　出席番号2番秋庭さくらちゃんだろ！　2年と3年、一緒だったろ！　俺だよ、佐藤金太郎だよ！　岡部先生が担任でさ、

秋庭　人違いです！

秋庭、走り去る。

来栖　秋庭！
片桐　（来栖を止めて）ちょっと！
森崎　秋庭さん！

森崎が追いかける。

片桐　ああっ！　追いかけるのは私の役目なのに。……帰りなさい！　失礼だよ！
来栖　同級生なんですよ。秋庭さくらちゃんでしょう！
片桐　本人が人違いだって言うんですから、違うんですよ！
来栖　そうですか。じゃあ、ここまできたのも何かの縁ですから、天草四郎について取材させてもらえますか？
西村　そうですね。それがいいです。
来栖　さて、天草四郎はどんな人物だったんでしょうか？
片桐　帰りなさい！
来栖　ちょっとだけ。
西村　ちょっとだけ。
片桐　次の発表会の時にちゃんと答えます！　帰れ！　帰らないと警察呼ぶよ！
西村　警察!?

来栖　まあ、そうおっしゃらずに。天草四郎についてなんでも、

片桐　（隣の部屋に向かって）誰か警察呼んで！

来栖　天草四郎は、

西村　おじゃましました！　失礼します！

西村、来栖をひったくるように連れ去る。

片桐　さくらちゃん！

片桐も秋庭の去った方向に急ぐ。

14

心配そうな森崎が出てきて、ウロウロする。
やがて、秋庭が出てくる。

森崎　大丈夫ですか？
秋庭　……外の空気吸ったら落ち着きました。仕事の続きです。朝までガンバリましょう。
森崎　今日はもう帰った方がいいです。
秋庭　いえ、一刻も早く、ＡＩ天草四郎を完成させましょう。私はもう大丈夫ですから。
森崎　私は天草四郎ですよ。
秋庭　えっ？
森崎　嘘はすぐに分かります。秋庭さんは嘘をついています。

森崎、秋庭の手を取る。

秋庭　！

森崎　あなたの心の悲鳴が聞こえます。魂を引き裂く悲しい声です。話して下さい。
秋庭　なんでもないです。

秋庭、森崎の手をふりほどく。
森崎、それを気にせず、

森崎　私に嘘をつくことはデウス様に嘘をつくことです。コンフィッサオをちゃんと終わらせましょう。それが魂の癒しになります。
秋庭　……癒し?

森崎、秋庭をゆっくりと抱きしめようとする。

森崎　そうです。主はいつもあなたの傍にいます。あなたの言葉にいつも耳を傾けているのです。さあ、本当のことを話して下さい。

秋庭、森崎の体を優しく抱きしめる。

秋庭　私は……

谷川がバッグを持って登場。

谷川　こんばんはー。調子は、

谷川、二人が抱き合っているのを見て驚く。
秋庭、慌てて離れる。

谷川　……どうですかあ。……夜食、持ってきました。
森崎　夜食ですか。ありがとうございます。
谷川　朝までやるかなあって思ったんですけど、違うことを朝までやる予定でございましょうか？
森崎　えっ？
秋庭　違うんです。これは違うんです。
谷川　何がどう違うのでございますか？
秋庭　これはつまり、その、フリーハグなんです！
谷川　フリーハグ。
秋庭　そう。フリーハグ！

谷川　会社でどうしてフリーハグ？
秋庭　そういう気持ちになること、ありますよね？
谷川　いいえ。
秋庭　（森崎に）ありますよね!?　人類が急に愛おしくなってしまう瞬間！
森崎　いいえ。
秋庭　!?
森崎　これはフリーハグではありません。これは祝福です。
谷川・秋庭　祝福？
森崎　そうです。私がデウス様に代わっておこなう祝福です。
谷川　……なんのために？
森崎　傷ついた魂を救うためです。
谷川　傷ついた魂という意味なら、私も今、ものすごく傷ついてます。
森崎　そうですか。では祈りましょう。罪深き我々の行いをデウス様に懺悔しましょう。
谷川　……夜食、どうぞ。森崎さんの好きな甘い玉子焼きも入れました。
森崎　そうですか。私は甘い玉子焼きが好きなのですね。
谷川　それじゃあ、がんばって下さい。あ、仕事をがんばって下さいって意味で、他の何かをがんばって下さいという意味ではなく、退場。

谷川、帰ろうとする。

秋庭　待って下さい。違うんです。谷川さん、誤解したまま退場しようとしてます。
谷川　別になにも誤解してないです。急いで退場。
秋庭　違います！　四郎様は本当に私のことを思って……
谷川　秋庭さんなの？
秋庭　えっ？　何がですか？
谷川　いえ。

と、片桐が入ってくる。

片桐　それじゃあ、僕は帰るから、あとはよろし……はて、このざらついた空気感は何？
全員　……。
片桐　谷川さん。どうしました？　まさか、夜食がなにか問題でも？
谷川　いえ……
片桐　どうしたんですか？
森崎　谷川さんは、私が秋庭さんを祝福していたところを見て驚いたのです。
片桐　祝福？　何したの？

森崎　デウス様に代わって、秋庭さんを抱きしめました。
片桐　えっ？（谷川に）二人は抱き合ってたの？
谷川　（小さくうなづく）
片桐　二人っきりで？
谷川　（さらにうなづく）

片桐、突然、仏教ジャンプを始める。（または、得意な何か）

片桐　さくらちゃん！
秋庭　違うんです！　誤解なんです！
片桐　（仏教ジャンプをやめて）えっ⁉　社長はもう帰っていいって言ったのは、二人でそんなことをするつもりだったからなの⁉　僕が邪魔だったの！　ミー、ジャマ⁉　ジャマ、ミー、イン・ザ・会社？
秋庭　違います！　全然、違います！
片桐　森崎君！　君には谷川さんという素敵な彼女がいるじゃないか！　なのに、さくらちゃんまで手をつけるのか⁉　それが天草四郎なのか⁉　長身のイケメンならなにをやってもいいのか⁉　背の低い人間の悲しみを考えたことはないのか⁉（このセリフは片桐役の俳優に合わせて変えて下さい）

森崎　違います！　片桐さん！　落ち着いて下さい！
片桐　落ち着いてるよ！　僕は全然落ち着いてるよ！

片桐、どこからともなく縄跳びを取り出し、二重飛びを始める。（または何か）

森崎　だったら縄跳びをやめて下さい。
片桐　（二重飛びしながら）これやめたら、精神のバランスが崩れるんだよ！　今、ギリギリなんだぞ！　それとも君は三点倒立の方がいいのか!?
森崎　片桐さんが誤解しているようなことは何もないです。天草四郎は、神に仕える身です。神の下僕（しもべ）の私にはやるべきことがあります。女性とつきあっている時間はないんです。
谷川　！
片桐　そんなイケメンの公式コメントなんか聞きたくもない！
森崎　片桐さん！
片桐　おつかれさまでしたー！

片桐、縄跳びの走り飛びをしながら、去る。

秋庭　社長！

谷川　おつかれさまでした。

谷川もさっと去る。

秋庭　谷川さん！

残される二人。

暗転。

15

男子社員がタブレットを持っている。
片桐が出社してくる。

男子社員　社長！
片桐　おう、おはよう。
男子社員　これ、見ました⁉　天草四郎の動画。
片桐　ああ、昨日、みんなに言ってなかったな。
男子社員　知ってるんですか？
片桐　知りたくなかったけどね。
男子社員　いいんですかね。すっごい派手ですよね。
片桐　派手？

片桐、タブレットを覗く。
派手な天草四郎の格好をした来栖、登場。

派手な照明と音楽。

来栖　我が名は天草四郎！　４００年の時を越えて、天草四郎は蘇った。天草四郎・イズ・バック！

片桐　えー!?

来栖　私は人々を救うために蘇った。虐げられている人、苦しんでいる人、悲しんでいる人、我が旗の下に集え！　悲しんでいる人達は、さいわいである、彼らは慰められるであろう。泣いている人達は、さいわいである。彼らは、笑うようになるであろう。飢えている人達はさいわいである、彼らは満たされるであろう。戦う君の歌を戦わない奴らが笑うだろう。ふはははははっ！　笑いたい奴には笑わせておけ！　心の清い人達は、さいわいである、彼らは神を見るであろう。集え！　虐げられている総ての人よ！　オタク、コミュ障、ＬＧＢＴＱ、俳優志望、非正規社員、シングルマザーシングルファーザー、強い事務所をやめた芸能人、ブラック企業の社畜、独身で猫飼ってる奴、ガラケー持ってる奴、この国の国籍を持ってない奴、待機児童を抱える母親、貧乏人、ブラック校則に苦しめられている生徒。涙と共にコンビニのおにぎりを食べている人達！　私はあなたの味方である。私はつねにあなたの傍にいる。それが、私が蘇った理由である。戦う人達は幸いである。彼らはやがて勝利するであろう。

と、口の中に含み綿をいれて頬を膨らませた西村が登場。体も風船で膨らませている。
（この時に、片桐と社員男の姿は見えなくなる）

西村　天草様。お助け下さい。
来栖　どうしました？
西村　食欲が止まりません。夜中、寝る前に、白熊アイスを三個も食べてしまいます。どうしたらいいでしょう⁉
来栖　神よ！　迷える小豚に奇跡を！

派手な音と照明。
その間に、西村、口の中の含み綿と、服の中にある風船の空気を抜いて、

西村　おお！　痩せていく！　お腹も顔も、いきなり、５キロは痩せました！
来栖　それが神の奇跡です。
西村　ありがとうございます。ありがとうございます！　奇跡です！　これは奇跡です！

西村、去っていく。

来栖　集え！　天草四郎の下に！「天草チャンネル」登録お願いします。我こそは本物の天草四郎である。それでは、次の番組を待て！

音楽消える。

来栖　ふーっ。（と、力を抜く）マネージャー！　マネージャー！

西村、着替えながら出てくる。

西村　はい、なんでしょう⁉
来栖　動画のコメント、チェックした？
西村　はい。もう200は越えてます。いい感じですよお。（と、スマホを出して）……「笑える」「これはコントか」「バカだなあって笑っているうちに泣いてしまった」「信者役が下手すぎていまいい（ち）…」絶賛です！
来栖　よし！　言っただろう。こんなもんは、やったもん勝ちなんだ。話題にならなきゃ、そもそも戦えないんだからな。
西村　はい。勉強になります。
来栖　よし、次の動画準備するぞ。ツイッター、インスタ、フェイスブック、掲示板もガンガン

西村　書き込むぞ。

来栖　あ、来栖さん。仕事の時間です。今日は、再現ドラマのチカン役です。この前の下着ドロボウが好評だったんで、すぐにオファーが来ました。

西村　俺は天草四郎なんだよ。そんな仕事できるわけないだろ。

来栖　天草四郎はお金になりませんからね。さ、行きますよ、佐藤金太郎さん。

西村　本名はよせ！

来栖　いや、あたしもね、来栖隼人で再現ドラマはどうかなって思ってたんですけど。佐藤金太郎ですからね。全然、オッケーですよね。

西村　だから本名はやめろ。

来栖　まるで、滋賀県生まれなのに、京都出身って名乗るみたいなギャップですもんね。佐藤金太郎さん、マネージャーにも本名、隠すんだから。

西村　すぐに金になるから待ってろ！　連絡が来るから。計画はできてるんだ！

来栖　さあ、佐藤金太郎、行くわよ！

西村、来栖を連れて去る。

16

森崎が出て行こうとしている。
それを止めている片桐と秋庭。

秋庭　ダメです！　四郎様！　仕事をして下さい！
片桐　森崎君、データ入力が先だよ！
森崎　そんなことをしている場合じゃないんです！

谷川と鈴木が入ってくる。
鈴木は少し離れて、ゴタゴタを見ている。

谷川　片桐さん！
片桐　ああ、谷川さん、鈴木さん。止めて下さい！　森崎君、仕事しないんです！
森崎　今からニセモノに会いにいくんです。もう約束しました。
秋庭　相手はただのニセモノです。相手にする必要はありません。

谷川　そうですよ。もうすぐ、もうすぐＡＩ天草四郎は完成なんでしょう！
森崎　ニセモノは許せません！　私が天草四郎です！

鈴木、その言葉に雷に打たれたような顔になる。

森崎　あつかましく恥知らずにも、天草四郎と名乗る者を許すわけにはいきません！　仕事などしている場合ではありません！
片桐　森崎君、落ち着くんだ！
秋庭　四郎様！　仕事をして下さい。
谷川　森崎さん！
片桐　（秋庭に）他の社員を呼ぼう。部屋に閉じ込めるしかない。
秋庭　そんな……

鈴木、近づき、

鈴木　あいや、皆の衆。ここはおいに任せて下され。
片桐・谷川・秋庭　あいや？
鈴木　四郎様。どうかお人払いば。

森崎　人払い？
鈴木　皆の衆。すまぬが、四郎様と二人きりにしてもらえんか？
片桐　鈴木さん、どうしたんですか？
谷川　昨日の夜からちょっとおかしいんです。
鈴木　ご迷惑はかけん。いや、あまり大勢で説き伏せるともどがんかと思うとるんや。
片桐・谷川・秋庭　どがん？
鈴木　お頼み申す。四郎様と二人にしていただきたい。この通りばい。
片桐　……じゃあ、お願いします。
鈴木　かたじけない。
片桐・谷川・秋庭　かたじけない……。

片桐、谷川、秋庭、いぶかしく思いながら去る。

鈴木　四郎様。
森崎　なんですか？
鈴木　おいです。
森崎　おい？
鈴木　お分かりになりましぇんか？

森崎　……。
鈴木　四郎様ん前には二度と面ば向けることができん卑怯もんです。裏切りの罪の深かけんに、いんふぇるのでん行かれんで、はらいその門もかとう閉じられ、ずっと、この世ば彷徨っておりました。なごうなごう迷うとりました。
森崎　……おまえ、
鈴木　亡霊となり、４００年の間、おのれの罪の深さに怯えとりました。許されるとは思うておりません。ただ、一度だけでよかけん、腹から謝りたかと思っとりました。そいが、そいが……。あなたさまはげに天草四郎様なのですね。あなた様と話すために、この者の体ば借りました。デウス様は裏切りもんに奇跡ば下さった。４００年待ったかいがありました。四郎様。おいは、
森崎　おまえは山田右衛門作。
鈴木　……はい、四郎様。ほんなごて申し訳ございませんでした！

鈴木、土下座する。

鈴木　許してもらえるとは露ほども思うとらんとです。ただ、おいの思いば聞いてほしかとです。おいは、みなの衆を救いたかと思いました。四郎様ば幕府に差し出せば、そいで戦は終り、民百姓、年寄り女わらべ、皆の者が助かると、その思いで裏切ったとです。

森崎　……おまえはデウス様の教えを信じなかったのですか？

鈴木　えっ？

森崎　籠城した者はみな、死んでデウス様の元に行こうと決めていましたよ。共に喜び合いながら、はらいそで会おうと。城にいる者たちは、あの世まで友達であると私は言いましたよ。

鈴木　おいは……おいは死ぬとが怖かったとです。

森崎　死ぬことは、デウス様のいらっしゃるはらいそに行くことです。怯えることでも怖がることでもありません。

鈴木　おいは死ぬとが怖かったとです。

森崎　右衛門作。

鈴木　四郎様は強か。げに強か。ばってん、おいは弱か。弱かとです。強か御方はデウス様ば信じて殉教さす。ばってん、弱か者はどがんしたらよかとですか？　おいんごと弱かもんは？　死ぬ決心のできん弱虫は。

森崎　デウス様の言葉を信じるのです。そしてデウス様と共に歩くのです。

鈴木　四郎様……。悪うございました。仕様（しょ）んなかことばいたしました。お詫びいたします。山田右衛門作、死んでお詫びいたします。

森崎　もう死んでいるではないか。

鈴木　そうでございました。こてこてのボケでございました。四郎様、おいは何ばすれば、何ばすれば、

森崎　おまえが乗り移っている御身は鈴木という者だ。言わば、この計画の長だ。おまえが鈴木として話せば、私の願いはかなう。おまえに頼みたいことがある。

鈴木　は？

森崎　私のために働いてくれれば、魂は穏やかにはらいそに召されるであろう。

鈴木　四郎様。

森崎　右衛門作、今度は裏切らないでおくれよ。

鈴木　ありがとうございます。今度こそ、おいは強うなります。弱か右衛門作は、今度こそ、強うなります。強う……。

鈴木、声が震えて泣き始める。

暗転。

17

司会者にスポットが当たる。

司会　『アベバベベロベロバー』緊急特番『どっちがイケメン天草四郎！』始まりました！　こんにちは、司会のアベベバ・べ太郎です。さあ、いったいどっちの天草四郎が本物なのか!?　いや、二人ともニセモノなのか!?　それとも、二人とも本物なのか!?　そんなわけはない！　それでは、まず、一人目の天草四郎さんどうぞ！

来栖が派手な格好で登場。
審査員が何人かいる。
その中に西村が変装して混じっている。

審査員達　（拍手）
司会　お名前をどうぞ。
来栖　天草四郎です。

司会　レポーター兼売れない俳優の来栖隼人さんじゃないんですか？
審査員達　（反応）
来栖　天草四郎です。
司会　それでは、もう一人の天草四郎さん、どうぞ！

森崎が登場。

審査員達　（拍手）
司会　お名前をどうぞ。
森崎　天草四郎です。
司会　この天草四郎さんは、なんと、ＡＩ天草四郎を開発している話題の会社の社員さんなんですよね。
審査員達　（驚きの反応）
森崎　それは私の仮の姿です。
司会　さあ、どちらが本物の天草四郎なのか！　それでは、ネットで募集した審査員のみなさん。二人の正体を暴いて下さい。さあ、質問をどうぞ！
西村　天草四郎様。ウィキペディアによると、天草四郎様は盲目の少女の目を治療したそうですね。

来栖　いかにも。お民という、少し小太りの十二歳の女子じゃった。
西村　なにか、奇跡をお見せ下さい。そうすれば、あなたを本物の天草四郎様と信じましょう。
来栖　……あなたは今、横縞の服を着ていますね。
西村　ええ。

西村はジャケットの中に、横縞のTシャツを着ている。

来栖　それはとても太って見えます。その横縞を縦縞にしてみましょう。
西村　えっ？　横縞を縦縞に？
来栖　さあ、神に祈り、そして、カメラの方に向いて下さい。

西村、すっと一回転する。

来栖　サンチャゴ！

と、服が縦縞になっている。
（この上演を希望する人は、ネットで検索してみて下さい。手品ネタとして、やり方が解説されています。それ以外だと簡単な手品ネタを）

西村　おお！　すごい！　奇跡です！

司会・審査員達　（驚きの反応）

司会　「サンチャゴ」とは、天草軍が戦う時に叫んだ聖人の名です。この天草四郎は本物ということか⁉

来栖　これであなたは横縞比15％はスリムに見えます。

西村　ありがとうございます！　本当にありがとうございます！

来栖　おや。あなたの目から感動の涙が。喜びの涙はしょっぱいより甘い方がいいでしょう。あなたの涙を甘く変えます。

西村　えっ？

来栖　サンチャゴ！

西村、涙をなめて、

西村　あまーい！　私の涙、あまーい！

司会・審査員達　（驚きの反応）

来栖　いやしかし、甘い涙は体に悪いでしょう。糖尿病になるかもしれない。戻しましょう。あなたの涙はまたしょっぱくなります。サンチャゴ！

西村、涙をなめる。

西村　しょっぱーい！　私の涙、しょっぱーい！　奇跡です！　涙がまた、しょっぱくなりました！

司会・審査員達　（驚きの反応）

来栖　（サッと）いや、いりません。私は、お金儲けのためにしているのではないのです。

西村　えっ？

来栖　今、あなたは私にお礼を渡そうとしましたね。あなたのポケットにある黄色い鰐皮のサイフを取り出そうとした。サンチャゴ！

西村　そうです。

西村、黄色い鰐皮のサイフを取り出す。

司会・審査員達　（驚きの反応）

来栖　お金はいりません。その代わり、私のフライヤーを入れておきました。

西村　フライヤー？

来栖　苦しいことがあったら、いつでもいらっしゃい。

西村、サイフの中を見る。
と、来栖の顔がドアップになったフライヤーが折り畳まれて入っている。
ブロマイドのように微笑んで頬に手。
メールアドレスが大きく書いている。
それを広げる西村。

西村　奇跡です！　これが奇跡です！
司会　さあ、それでは（森崎を指示して）同じ質問をお願いします。
西村　（森崎に）あなたはどんな奇跡を行うことができるのですか？
森崎　奇跡がなければ、あなたは信じないのですか？
西村　えっ？
森崎　奇跡を見せることはそんなに重要なことですか？
西村　当り前ですよ。天草四郎なんだから。ねえ！
審査員達　（うなづく）
森崎　あなたは何かをくれるから、その人を尊敬するのですか？
西村　え？　どういうこと？
森崎　私は、デウス様が奇跡を行うから信じているのではありません。尊敬できる、信じられると思うから、デウス様の言葉にすがるのです。あなたは、何かをくれたり、何かをしてくれないと相手を尊敬しないのですか？　そうやって友達を選んでいるのですか？

西村　何言ってるの⁉　バカじゃないの⁉

森崎　奇跡という見返りがないと、尊敬したり信じたりできないとしたら、それはとても、貧しく悲しい人生ですね。

西村　（深く納得して）なるほど。（ハッと）違う！　何言ってるか、全然、分かんない！　バカじゃないの⁉

司会　ちょっと待って下さい！　ということは、天草四郎さんは奇跡を行わないのですか？

森崎　それは、私の使命ではありません。

司会　それはダメよ！　番組にならない！

審査員達　（口々に不平）

森崎　私は天草四郎です。私が今話していることが奇跡です。

司会　いや、それじゃあ……

審査員の中から女子高生が発言する。

女子高生　あの、天草四郎は虐げられた人を助けてくれるんですか？

森崎・来栖　そうです。

女子高生　クリスチャンじゃなくてもいいんですか？
来栖　もちろん。
森崎　それは……。（口ごもる）
来栖　天草四郎は分け隔てなく、虐げられた人々を助けます。さあ、お話しなさい。
女子高生　私の高校は、校則が厳しくて、髪は黒くなきゃダメなんです。でも、私は生まれつき、色素が薄くて茶色がかってるんです。だから、入学の条件として、染めるようにと言われました。三、四日おきに染めていたら、頭皮がボロボロになりました。だから、もう染めたくないと先生に言ったら、学校に来なくていいと言われました。修学旅行も運動会も参加を禁止されました。天草四郎様。どうか私を助けて下さい。
来栖　どうしたいのですか？
女子高生　学校に行きたいんです。私のありのままの姿で。髪を染めず、私自身の姿で学校に行きたいんです。
来栖　分かりました。共に戦いましょう。
女子高生　ありがとうございます！
司会　（森崎に）もう一人の天草四郎さんはどうですか？
森崎　あなたは、デウス様を信じるつもりはありませんか？
女子高生　ないです。すみません。
森崎　分かりました。……あなたの心から悲鳴が聞こえます。あなたの体すべてから沁み出して

女子高生　いるようです。
来栖　黒く染めないなら学校に来るなと言われました。もう半年、行っていません。
女子高生　次回、番組で私の奇跡を報告できると思いますよ。数日、待って下さい。
司会　はい！
　ということは、なんと、番組は二回目があるということですね！　さあ、大変なことになってきました。（来栖に）天草四郎さん、どうするおつもりですか？
来栖　彼女を苦しめる愚かな学校と傲慢な教育委員会は、私の前にひれ伏すでしょう。
審査員達　（感動の声）
司会　すごい！（森崎に）こっちの天草四郎さんは、どうしますか？　クリスチャンじゃないので助けませんか？
森崎　……すべてはデウス様の御心（みこころ）です。
女子高生　……。
司会　次回、数日後ですね。もう待ちきれません！　ネットで大々的に告知しますからお待ち下さい！『アベバベベロベロバー』『天草四郎スペシャル』、次回をお楽しみに！

来栖と西村を残して、全員去る。

18

西村　来栖さん！　番組のアーカイブ、３万ビュー、行きました！
来栖　よし！
西村　来栖さん！　ツイッター、インスタ、フェイスブック、女子高生を応援するコメントが二千を越しました！
来栖　ブラック校則で苦しんでいる全国の中学・高校生達！　天草四郎は君達と共にある。さあ、立ち上がろう。
西村　来栖さん！　女子高生の問題、ヤフーニュースになりました！
来栖　今、勇気ある女子高生が一人、立ち上がった。天草四郎は彼女と共に歩き始める。生まれつき茶色の髪の毛をなぜ黒く染めなければいけないのか。こんなバカなことがあるのか。天草四郎は彼女の高校へと進撃を開始する！　我と共に隊列を組む者は誰だ!?
西村　参加希望メールが千通を越しました！
来栖　さあ、進撃を開始しよう！　虐げられた人々よ！　この天草四郎と共に、

と、突然、黒い影が来栖を取り囲む。

（実際の上演では４人、登場）

１　まったく現場を分かってないね。生まれつきの茶色を認めるとあいつらはそれをさらに茶色く染めるんだよ。

２　もし、生まれつきの茶色をオーケーすると、大勢の生徒や保護者が「生まれつき茶色だ」と言ってくるわよ。親は子供に負けて、いいなりになるのよ。

３　荒れてる学校はそうなるんだよ。自称インテリ達は全然知らないんだ。

４　髪の色なんかにこだわるな！　って奇麗事ばっかり言う人は、生徒の非行と茶髪がリンクしてることを知らないのよ！

１　学校現場は必死になって、生徒を指導してるんだよ。授業を聞かない生徒、ケンカする生徒、教師に暴力をふるう生徒、それが日常になってる荒れた学校を建て直すことがどんなにしんどいか分かってないんだ。

２　現場の先生達は毎日戦ってるのよ。生徒を指導する中心は、髪の色と服装を正し、挨拶を徹底させること。

３　髪と服装の乱れは心の乱れ。そんなことも知らないのか！

４　善人ぶった世間知らずが無責任に言ってるんじゃないわよ！

１　茶髪の生徒がいる高校と地域から思われるだけで、学校全体の評判が落ちるんだよ！

２　荒れた高校だと思われたら、生徒たちの就職にも響くのよ！

3　だから絶対に黒く染めさせるから。金髪の外国人が転入してきても、染めさせるから。
4　間違った自由を主張するのはブサヨかパヨクよ！

黒い影に囲まれて、だんだんと混乱して来る来栖と西村。
黒い影、見えなくなる。
と、西村の携帯に電話が入る。
必死にそれに出る西村。

西村　……はい、はい。来栖さん、校則のことは言うなって。
来栖　誰が⁉
西村　事務所の社長です。
来栖　えっ？
西村　学校とか教育委員会を攻撃してると、左翼だって思われるって。
来栖　左翼⁉　何言ってるんだよ。校則と左翼は関係ないだろ！
西村　社長と話して下さい（電話を渡す）

来栖、電話を受け取り、耳に当てる。

来栖　社長。僕はですね……いえ、左翼とか関係ないですよ、これは正義の戦いで……彼女がかわいそうだから……えっ？　美輪明宏さんが怒ってる？　自分は天草四郎の生まれ変わりだからって……いや、僕は生まれ変わりじゃなくて、天草四郎そのものですから……えっ、もっと悪い？……え!?　美輪さんを怒らせたら……クビだけじゃなくて芸能界追放!?……分かりました。はい。

電話を切る来栖。

来栖　……。

来栖、呆然として去る。
西村も後を追う。

西村　来栖さん！

19

森崎と鈴木がいる。

鈴木　四郎様。場所がようやく分かりました。
森崎　右衛門作、ありがとう。では行きましょう。
鈴木　どうするとですか？
森崎　すべてはデウス様の御心のままに。
鈴木　御意。

二人、去る。
会社に片桐と秋庭。
秋庭はスマホを観ている。

秋庭　社長。ニセモノの天草四郎、女子高生の校則問題、投げ出しました。
片桐　投げ出した？

秋庭　コメント発表してます。「神はお怒りになっている。彼女が苦しむのは彼女が至らないからである。奇跡が起こらないのは、彼女の神への真心が足らないからである」

片桐　かなり騒ぎになってるから、ビビったんだろう。政治家まで、自由をはき違えているとか言い出したからなあ。

秋庭　彼女、本当にかわいそうです。

片桐　森崎君は？

秋庭　鈴木さんが話があるからって、外出してます。

片桐　鈴木さんと二人？　珍しいなあ。そんなことがあるんだ。

秋庭　初めてです。

片桐　データ入力はどう？

秋庭　ようやく再開してくれました。あと数日で終わると思います。

片桐　そうか。……あの、さくらちゃん。

秋庭　はい。

片桐　変な噂を聞いたんだけど、

秋庭　変な噂？

片桐　その、さくらちゃんが、その頼んだら、寝てくれるって。

秋庭　はい。寝ますよ。

片桐　え!?……冗談だよね。

秋庭　ホントですよ。
片桐　寝るって、エッチってことだよ。
秋庭　はい。
片桐　僕は？
秋庭　いいですよ。
片桐　ホント⁉
秋庭　ただ、予定が詰まってますからちょっと待って下さいね。
片桐　予定？
秋庭　まだ3人に頼まれてるから。
片桐　3人……ダメだよ！　そんなことしたらダメだよ！
秋庭　待つのは嫌ですか？
片桐　そういうことじゃないよ！
秋庭　社長、したくないんですか？
片桐　したいよ。いや、したくない！　いや、したい！　いや、したくない！　いや、したい！
秋庭　どっちなんですか？
片桐　違うんだ！　したいけど、そんなさくらちゃんとはしたくないんだ！　まさか、森崎君としたの？
秋庭　いえ、四郎様とはしていません。

片桐　誰ともしちゃダメだ！　絶対にダメだ！
秋庭　どうしてですか？
片桐　僕は宇宙で一番君を愛してるんだ！

谷川が飛び込んでくる。

谷川　大変です！　ネットニュース見ました⁉
秋庭　ネットニュース？
谷川　森崎さん、あの女子高生の高校に乗り込みました！
秋庭　え⁉
片桐　⁉
谷川　乗り込んで、校長先生と女の子のことを話しているうちに、興奮して、殴ったって。
秋庭　そんな、
谷川　校長先生を殴ってケガさせたって。それと、
秋庭　それと？
谷川　なんかの間違いだと思うんだけど、鈴木課長も。
秋庭　鈴木さんも殴ったんですか⁉
谷川　たぶん。

秋庭　今は？

谷川　警察署。

秋庭　警察!?　行きましょう！

秋庭、去る。

谷川も慌てて追いかける。

片桐　うん。行こう。

愛の言葉と共に固まっていた片桐も後を追う。

暗転。

20

森崎が光の中に浮かび上がる。

森崎　虐げられた者を助けるのは私の使命です。我が名を騙る者が彼女を救えるのなら、それもよしとしました。けれど、ニセモノが逃げるのなら、彼女の悲鳴に手をさしのべるのは私の使命です。

刑事の声が聞こえる。

刑事1（声）　だからって暴力を振るってもいいと思ってるのか⁉
森崎　頭皮がボロボロになるまで染めることを強制された彼女は、激しい暴力を受けているのと同じです。その暴力に比べたら、ささいなことです。
刑事2（声）　屁理屈言ってるんじゃないよ。暴力は犯罪なんだよ！
森崎　では、残酷な決まりも犯罪です。私を逮捕するように、過酷な決まりを作った校長先生を逮捕して下さい。

刑事1・2（声）　ふざけるな！

森崎の姿、見えなくなる。
別空間に片桐が鈴木をエスコートして登場。
それを迎える谷川と秋庭。

谷川　鈴木課長。
鈴木　これはかたじけない。
谷川　どういうことなんです⁉
鈴木　いや、四郎様が興奮なさって、おいは止めに入ったとばってん、教頭ともみおうてしもうてね。
片桐　鈴木さんは、釈放だ。
谷川　森崎さんは？
片桐　傷害罪容疑で逮捕された。
秋庭　逮捕⁉

記者1・2が鈴木を目指してやってくる。

記者1　すみません。天草四郎さんの関係者の方ですよね。

記者2　森崎賢介さんは、本当に自分のことを天草四郎だと思っているんですか?

片桐　さあ、行こう。

谷川　放っといて下さい。

鈴木　(記者に) あん方は、本当の天草四郎様ばい！　あん方のお言葉がこん国ば変えていくとです！

谷川　鈴木課長！

片桐、鈴木を急かして去る。

記者たち、追いかける。

記者1・2　待って下さい！

記者も去る。

21

新聞を見ながらワナワナしている来栖、登場。
続いて西村。

来栖　新聞にまで出たじゃないか！　ヒーロージャないか！　どうすんだよ!?
西村　でも、批判的なコメントも多いですよ。暴力はよくないって。
来栖　敵が増えたら、味方も増えるんだよ！　それこそ、天草四郎だよ！
西村　……。
来栖　くそう……どうしたらいいんだ……天草四郎って名乗ったら美輪さんから怒られるし、事務所はクビになりたくないし、どうすんだよ！　マネージャー！　どうすんだよ！
西村　それでは、再現ドラマをこつこつとやって行きましょう。きっといいことがあります。
来栖　白熊アイス食ってぶくぶく太っとけ！
西村　来栖さん！

来栖は去り、西村もついていく。

別空間に片桐、谷川、秋庭、鈴木。
秋庭、パソコンの画面を見つめている。

秋庭　すごいメールの数です。
片桐　どうすんだよ。批判メールだけだろ！
秋庭　そうじゃないんです。

全員がパソコンの画面を覗く。
救いを求める人が現れてくる。
（実際の上演では４人）

救１　助けて下さい、天草四郎さん。僕はずっとオタクとバカにされていて、
救２　天草四郎さん！　ブラックバイトをやめられません。休みたいと言ったらふざけるなと怒鳴られて、
救３　不倫してます！（週刊）文春砲がなんぼのもんじゃい！
救４　ベビーカーを押して電車に乗ったらジャマだと言われました。この国は狂ってます。
救５　非正規だからって簡単に首を切られました。今日、寝る場所もありません。
救６　ネトウヨってバカにされます。僕は僕の信念で生きてるだけで、

救7　生まれついて体が不自由です。それだけでバカにされて、ずっといじめられています。もう生きる気力がありません。助けて下さい。

救8　コノクニハ、ガイジンニツメタイデス。スムバショ、ミツカリマセン！

救9　セクシャルマイノリティーをどうして受け入れてくれないんでしょうか。

救10　天草四郎の生まれ変わりなんですよね。本物なんですよね！

救11　死にたいです。助け下さい！

救12　ホームレスです。助けて！

救13　社畜です。助けて！

救14　売れない役者です。チケット買って。

救15　虐待されてます。助けて！

救16　素晴らしか！

鈴木

救いを求める人達、消える。

鈴木　四郎様ばこがん多か人が求めとる！　天草四郎様は、ほんなごつ幸せもんよ！

谷川　何言ってるんですか！　こんな声を聞いてたら、森崎さんの人生はメチャクチャになります！

鈴木　うんにゃ、四郎様は虐げられた人ん先頭に立って歩かれるとぞ！　それが四郎様たい！

谷川　鈴木課長。どうしたんですか？　ここ数日、おかしいですよ。なんですか、その妙な方言は？

鈴木　あ、いや、わたし、現代語も少しずつ勉強しちゃって、上達しちゃったりするからってさ、現代語？

片桐　現代語？

鈴木　とにかく、おいは天草四郎様と共に戦うと決めたとばい。

谷川　戦う!?

鈴木　やけん島原ん言葉ば一生懸命、話そうとしとっばい。思いも言葉も一緒ばい。

片桐　それ、変ですよ。

鈴木　言いたい奴は勝手なことば言え。おいは生まれ変わったばい。おいも戦う強か人間になるばい。

谷川　だからって、森崎さんの人生をメチャクチャにしていいわけは、

片桐の携帯がなる。

片桐　はい。えっ、分かりました。ありがとうございます。（電話を切る）弁護士さんからだ。保釈の許可が下りた。

鈴木　保釈というと……

片桐　裁判までの間、一時的に身柄が解放される。

秋庭　四郎様に会えるんですね。
谷川　迎えにいきます。
片桐　僕も行く。
秋庭　私も。
鈴木　おいも。

全員、去る。

22

別空間にレポーター。

レポーター　校則問題で暴力事件を起こした自称天草四郎こと、森崎賢介容疑者が保釈されました。警察署の前では、自称天草四郎を一目見ようとして、人々が集まっています。いえ、天草四郎様にすがろうという人達です。あの女子高生のように、天草四郎様にお力を借りようとする人達が集まっています。

森崎が登場。
たかれるカメラのフラッシュ。
歓声や悲鳴が飛ぶ。
その声に驚く森崎。
と、鈴木が飛び出し、森崎の手を取り、高く掲げる。
より歓声が大きくなる。
フラッシュも激しくたかれる。

谷川と片桐、秋庭が慌てて飛び出し、森崎を抱えて去ろうとする。
森崎、促されるようについていく。
秋庭は集まった人達の多さに驚きながら去る。

すぐに、興奮した森崎が飛び出る。
続いて鈴木、片桐、谷川、秋庭。
トアッドハート社内。

森崎　どうして止めるんですか⁉　たくさんの人が私を求めているんですよ。
鈴木　そうばい。大勢ん人が四郎様ば待っとっとです！
谷川　また殴りに行くんですか？
森崎　それが救いになるのなら。
谷川　何言ってるの！
片桐　森崎君。君は今保釈中なんだよ！　何かあったら、もう一度逮捕されて大変なことになるんだ！　今は動かない方がいい！
谷川　そう。今動いちゃだめ！
森崎　また私を閉じ込めるのですか。島原・天草の戦の時の繰り返しじゃないですか。もう私は、あなた方の言いなりにはなりません。

鈴木　そうばい。四郎様んお気持ちが一番ばい！
森崎　多くの人が私を待っているんです！
谷川　いろんな人がいろんなことをあなたに求めてるの！　全員の期待になんか絶対に応えられるわけない！
秋庭　私が選びます。
全員（秋庭以外）　えっ？
秋庭　私がメールを読んで、四郎様を本当に求めている人を順番にお知らせします。
谷川　秋庭さん、何を……
秋庭　このまま、人々の前に出ても混乱するだけだと思うんです。来ているメールを見て、優先順位をつけます。四郎様、お待ち下さい。
森崎　また私は部屋の中でじっと祈り続けるのですか？　私はこの戦の総大将ですよ。
鈴木　そうばい！
秋庭　その間に、ＡＩ天草四郎を完成させて下さい。
全員（秋庭以外）　えっ？
秋庭　もうあと少しじゃないですか。数日で全データを入力できるはずです。
片桐　さくらちゃん。そのことだけど、ＡＩ天草四郎はいったん、ペンディングになってる。（鈴木に）そうですよね。
鈴木　さよう。こんだけ騒ぎになっとったら、今は発表する時期やなかばい。

秋庭　今こそ、ＡＩ天草四郎は求められてるんです。
片桐　どういうこと？
秋庭　今、たくさんの人が四郎様を求めています。でも、四郎様は全員と話すことはできません。
　でも、ＡＩ天草四郎が完成すれば、
全員（秋庭以外）　えっ。
秋庭　ＡＩ天草四郎が完成すれば、四郎様の言葉は世界中に広がります！
鈴木　なるほど！　素晴らしかことったい！
谷川　ちょっと待って。そんなことのためにＡＩ天草四郎を開発したんじゃないから。
森崎　なるほど。私が殉教しても、私の言葉は残るのですね。
全員（森崎以外）　えっ⁉
森崎　今度こそ、私の言葉が残るんですね。私が生きた証がこの国に刻まれるんですね。
鈴木　四郎様。
谷川　殉教って何⁉　なんで、そんな言葉が出てくるの⁉
秋庭　ですから、四郎様。データ入力をお願いします。その間に私は四郎様がお救いになるに相
応しい人物を選びます。
鈴木　おいも手伝いましょう。
秋庭　いえ、けっこうです。
鈴木　はい。

森崎　分かりました。
秋庭　さあ、どうぞ。
森崎　急ぎましょう！

森崎、去る。
秋庭もその後を追う。

鈴木　四郎様。なんか食べるもんば買うてきます。この世界にはうまかもんのやまほどありまっす！　チーズケーキとシュークリームば買います！

鈴木、去る。
残される片桐と谷川。

谷川　なんとかして、
片桐　えっ？
谷川　なんとかして、森崎君の記憶を取り戻さないと。
片桐　どうやって？
谷川　……。

23

谷川に、一瞬、明かりが集まる。

谷川　……それから5日間が過ぎた。

明かり広がる。
谷川と片桐。秋庭が登場。

秋庭　終わりました。
片桐　えっ⁉
秋庭　データ入力、終わりました。
谷川　森崎さんは？
秋庭　出かけました。
谷川　どこに⁉
秋庭　仕事が終わったから早く教えろって。私を待っている人がいる場所に早く行きたいって。

谷川　どこ⁉
秋庭　中学校。
谷川　中学校。
秋庭　いじめられてる中学生のメールを見せました。悲鳴のようなメールでした。

別空間に森崎と鈴木。
（谷川達は見えなくなる）

森崎　吉村梨奈さんをいじめている人は誰です！

制服姿の中学生がいる。

男子中学生1　えー、俺達、誰もいじめてないよな。
女子中学生1　そうよ。なにもしてないよ。
森崎　嘘をついていけない！　吉村梨奈さんをずっといじめてるだろう！　恥ずかしくないのか⁉
鈴木　恥ずかしゅうなかとや⁉
男子中学生2　えー、誰かに殴られたとか言ってる？

女子中学生2　教科書とか体操服破かれたって言ってる？
男子中学生1　俺達、何もしてないよな。
女子中学生1　何にもしてないよ。
森崎　ずっと無視してるだろう！　口もきかないで！
鈴木　口もきかんで！
女子中学生1　無理に友達になるのっておかしくない？
女子中学生2　相性ってあるでしょ？　合わない人と無理につきあわなくていいってママが言ってたよ。
男子中学生1　そうだよ。俺達にも選ぶ権利ってあるから。
男子中学生2　我慢してつきあうのっておかしくない？
森崎　誰だ⁉　誰が吉村梨奈さんをいじめてるんだ⁉
鈴木　だいや⁉
男子中学生1　だから誰もいないって。
男子中学生2　誰もいじめてないよ。
森崎　嘘つけ！　誰がいじめてるんだ！　誰だ⁉　吉村梨奈さんの敵は誰だ！
鈴木　敵はだいや⁉

森崎、暴れ始める。
生徒たちの悲鳴。

教師の声が聞こえる。

教師（声）　ちょっと！　あんた達何をしてるんだ!?　どっから入った!?

森崎　吉村梨奈さんの敵は誰だ！　出てこい！

鈴木　出てこんか!?

生徒と教師　（混乱の声）

と、谷川が飛び込んでくる。

谷川　森崎君！　何してるの!?

森崎　どこだ!?　敵はどこだ!?

谷川　逃げるの！　早く！

鈴木　逃ぐっとは卑怯もんばい！

谷川　いいから！

谷川、森崎の手を引いて去る。

谷川　（周囲に）ごめんなさい！　なにかの間違いです！　忘れて下さい！

生徒と教師（追いかける声）

生徒達、追いかけて去る。

トアッドハート社前に来栖と西村が登場。西村はカメラで録画している。

来栖、トラメガで話し始める。

来栖　ニセモノの天草四郎！　出てきなさい！　あなたは国民に説明する義務がある！　一週間、お前が沈黙している間に、大変なことが起こったんだぞ！

来栖は話しながら、西村のカメラを意識している。

やがて、マスコミが集まり始める。

片桐と秋庭が飛び出てくる。

秋庭は来栖の姿を見て強張る。

片桐　人の会社の前で何やってんだ！

秋庭　……。

来栖　トアッドハート片桐社長！　ニセモノの天草四郎を出しなさい！　ニセモノの天草四郎は

片桐　国民に答える義務がある！

来栖　お前がニセモノじゃないか！　私は天草四郎のファンだ！

片桐　ファン⁉

来栖　そうだ！　自分が本物の天草四郎だと名乗るなんて、美輪明宏さんに失礼すぎると思わないか！

西村　失礼でしょ！　天草四郎の魂は美輪明宏さんに乗り移ったのよ！

来栖　私は天草四郎のファン過ぎて、つい、本物と口を滑らしたのだ。熱狂的なファンにはよくあることだ。さあ、ニセモノの天草四郎を出しなさい！

片桐　今、ここにはいない。

来栖　嘘をつくな！

片桐　嘘じゃない！

来栖　じゃあ、どこにいるんだ⁉

片桐　それは……

来栖　秋庭さくらちゃん！　ニセモノはどこだ⁉

秋庭　……。

と、谷川、森崎、鈴木が戻ってくる。

森崎　どうしてとめるんですか⁉
谷川　（森崎に）これ以上、騒ぎを大きくしてはいけません！
鈴木　四郎様、次の虐げられた人に会いに行きましょう。
来栖　これはこれは、ニセモノの天草四郎は外出していたのですか。（ハッと）まさか、また誰かに会っていたのか？
鈴木　わいには関係なか！
来栖　ニセモノ！　いったいどうするつもりなんだ⁉
森崎　どうする？　なんのことです？
来栖　とぼけるな！　お前が余計なことをした女子高生は、今朝、自殺したぞ！
森崎・谷川・鈴木・片桐・秋庭　えっ⁉

森崎達、一瞬、立ち尽くす。

谷川　……女子高生って、髪を黒く染めろっていわれた？
来栖　そうだ！　こうなることを恐れて、私は彼女を応援するのをやめたんだ。
秋庭　デタラメ言わないで！
来栖　いいか。彼女は学校の恥をさらしたと教師から責められ、生徒からはいじめられ、自宅は嫌がらせの電話が鳴り、ネットで中傷され、外出すれば後ろ指指されたんだ。すべてお前が余計なことをして、彼女をさらし者にしたからだ！

森崎　……。

鈴木　四郎様！

来栖　（マスコミのカメラを意識して）みなさん！　勘違いした英雄気取りの男が、校長先生を殴り、一人の女子高生を追い詰めたのです！　この男のせいで、彼女は死んだのです！

マスコミや野次馬　（ざわめく）

森崎　……。

来栖　なんとか言ったらどうなんだ!?　お前が彼女を殺したんだぞ！

森崎　……死ぬことは悲しいことではありません。デウス様の元に行くのです。喜ばしきことなのです。

谷川　森崎君、ダメ！

鈴木　そうたい！　はらいそに行けるったい！　めでたかことったい！

来栖　なんと！　死んだことが喜ばしいというのか！

人々　（ざわつく）

来栖　みなさん！　このニセモノの天草四郎は、彼女が死んでよかったと言ってます！

谷川　違います！　そんなことは言ってない！

来栖　今、言ったじゃないですか！

秋庭　四郎様はそんなつもりで言ったんじゃない！
来栖　秋庭さくらちゃん、嘘言ったらダメですよ。
秋庭　……あなたは、
来栖　えっ
秋庭　あなたはそうやって、いじめた。
来栖　は？
秋庭　そうやって、いじめた。
来栖　は？　なんのこと⁉　あ、そうか！　ニセの天草四郎を守るために、僕を今、悪人にしようとしてるの⁉
秋庭　あなたは私をいじめた。
来栖　ニセモノ！　今までどこに行ってたんだ⁉　まさか、またお前は、犠牲者を出すつもりなのか⁉
鈴木　貴様ー！
谷川　ダメ！

鈴木、来栖を一発、殴る。
倒れる来栖。

西村　なにするの!?
片桐　鈴木さん！
来栖　殴りました！　ニセモノの仲間が私を殴りました！　暴力集団です！
鈴木　せからしか！

鈴木、また殴ろうとする。
片桐、谷川が止める。

谷川　やめて！
片桐　とにかく中へ！
谷川　賢介！　会社に戻って！
来栖　待ちなさい！
西村　待って！

片桐達、森崎を会社に押し戻して去る。
追いかける来栖達。

来栖　逃げます！　みなさん！　あいつのせいで、女子高生は死んだんです！　ニセモノの天草四郎のせいで!

全員、去る。

24

トアッドハート社内。
谷川がいる。
片桐が出てくる。

谷川　どうですか？
片桐　ダメです。減るどころか、ますます増えてます。
谷川　ネットニュースだけじゃなくて、地上波でも取り上げられてます。ネットは完全に炎上してます。
片桐　今日の中学校は、なんとか穏便にすませてもらうように弁護士さんに頼みました。最悪でも示談になるように。

鈴木、秋庭が出てくる。

鈴木　片桐さん。ＡＩ天草四郎様の住んどるクラウドにアクセスばしました。

片桐　それで？

鈴木　あいは天草四郎様じゃありません。

片桐　もちろん、ＡＩですから。

鈴木　うんにゃ。天草四郎様の言葉ば話しよるばってん、天草四郎様じゃありません。

片桐　（秋庭に）どういう意味？

秋庭　人工音声は四郎様そっくりだし、内容も四郎様がいつもお話なさっていることなんですが、何かが違うんです。

片桐　何か？

鈴木　まるでロボットです。人間ではありません。

片桐　そりゃ、ロボットですよ。人間じゃない。

秋庭　違うんです。膨大で正確なデータを入れれば、自然に人間らしくなると思ってたんです。でも、ならないんです。

鈴木　あいでは、人々は感動しません。仲間ば増やすことはできません。

片桐　どうして人間って感じがしないの？

秋庭　人間らしさがないんです。

片桐　人間らしさ⁉　散々、議論したじゃないか。人間らしさって創造力ってことだろ。

秋庭　そう思ってました。でも、違うんです。創造力のない人間は普通にいます。でも、人間です。

片桐　だったら何？
秋庭　人間と人工知能の一番の違いは創造力じゃないんです。
片桐　だから？
秋庭　人間と人工知能の一番の違いは、恐怖なんです。
片桐・谷川　恐怖？
秋庭　人間らしさって恐怖を感じるかどうかなんです。ＡＩ天草四郎はまったく恐怖を感じないんです。だから、人間だと思えないんです。
谷川　恐怖……。
鈴木　はようＡＩ天草四郎様ば直して下さい！　恐怖ば感じるごとして！
片桐　そんなプログラムできるわけないだろ！　ＳＦの世界だよ！　２０４５年まで待つしかないよ！
鈴木　ばってん、このままやと、四郎様の味方がどんどん減りよっとるでしょう！　なんとかせんば！　なんとかせんば！

困惑する人達。
谷川にのみ明かりが集まる。

谷川　その夜は全員がトアッドハート社に泊まった。外のマスコミは一晩中、静かにならなかった。女子高生が死んだことを喜んだと誤解されて、批判と中傷のメールとコメントが殺到した。ヒーローだと一度持ち上げられた反動は凄まじかった。風向きはまったく変わった。

森崎と秋庭、片桐、谷川がいる。

森崎　一通もない⁉　誰も私を求めてないのですか⁉
秋庭　絶対に来ないでくれという訂正のメールがたくさん来ています。四郎様に会いたくても、周りの目が怖くて呼べないのだと思います。
谷川　これでいいんですよ。これでいいんです。
片桐　そうだよ。今は周りが敵ばかりなんだから。
森崎　私の身はどうなってもいいんです。私はどこにでも行きます！（去ろうとする）
谷川　ダメ！

と、頭から血を流した鈴木が飛び込んでくる。
手にした紙袋はボロボロに引き千切られている。

鈴木　（悲鳴）
谷川　鈴木課長！

森崎　どうしたんです!?
鈴木　四郎様にうまかもんば食うてもらおうと思て、こっそり外出したとばってん見つかってしもて、人殺しって殴られて、
谷川　救急箱は？
片桐　こっち。
谷川　さあ。
鈴木　どがんしたらよかとや。どがんしたら。

片桐が導き、鈴木を連れて谷川、去る。
残される森崎と秋庭。

森崎　……私には祈る以外、することがないということですか。
秋庭　……。
森崎　島原の時と同じになりましたね。……いえ、あなたの願いをかなえましょう。
秋庭　えっ？
森崎　ＡＩ秋庭さくらをプログラムしましょう。
秋庭　いいえ、もういいんです。
森崎　もういい？

秋庭　ＡＩ秋庭さくらは完成しないと思いますから。

森崎　いいんですか、それで？

秋庭　私はなんのために生きてるんでしょうね。

森崎　……あなたが一番したいことはなんですか？

秋庭　えっ？

森崎　ＡＩ秋庭さくらを創りたかったのは2番目じゃないですか？　心の奥底に、本当にしたいことがあるんじゃないですか？

秋庭　本当にしたいこと？

森崎　あなたが本当にしたいことはなんですか？

秋庭　……私と四郎様をいじめた奴を、

森崎　なんです？

秋庭　殺したい。

森崎　！

25

来栖が入って来る。

来栖　いやあ、驚いたなあ。まさか、秋庭ちゃんがツイッターのＤＭで連絡くれるなんて。
秋庭　わざわざすみません。
森崎　ありがとうございます。
来栖　いやいや、僕もあなたを潰すことが目的じゃないんですから。お互い、天草四郎のファンとして、いろいろと情報を共有できるといいと思いますよ。
森崎　ファン……。
来栖　任せて下さい。なんとか、ネットの炎上を押さえてみせますよ。じつは僕も秋庭ちゃんと話したいと思ってたんですよ。誤解を解きたくて。
秋庭　誤解？
来栖　なんか昨日の秋庭ちゃんの発言で、僕がいじめっ子みたいな流れも出てきてるんですよ。
秋庭　あなたは私をいじめました。
来栖　絶対に嘘だって。ひょっとして、僕と誰かを勘違いしてるかなって思って、当時のクラス

秋庭　メイトに連絡取ったんだけど、みんな、いじめなんかなかったって言ってるよ。
来栖　嘘はいいです。
秋庭　嘘じゃないよ。だって、僕、秋葉ちゃんを殴った？　教科書、破いた？　トイレに閉じ込めて上から水かけた？　そんなことした奴誰もいなかったでしょう？
来栖　誰も私に何もしなかった。
秋庭　でしょう。
来栖　口もきかなかった。目も合わせなかった。クラス32人全員、私になにもしなかった。
秋庭　えっ？
来栖　中学2年と3年の2年間、どんなに話しかけても、誰も返事してくれなかった。どんなに声をかけても、誰も私の目を見なかった。「透明人間ゲーム」ってみんな笑ってた。
秋庭　「透明人間ゲーム」？
来栖　透明人間にぶつかっても、突き飛ばしても、ツバを吐きかけても、誰も気にしなかった。私は存在しない透明人間だから。
秋庭　……そうだっけ？　そんなことあったかなあ。
来栖　32人いるから、みんな自分のしたことは32分の1の小ささだと思ってた。でも、私には32倍のいじめだった。
秋庭　覚えてないなあ。ほんとにそんなことあったの？
来栖　私は忘れない。

森崎が近づき、ロープで来栖を縛る。

来栖　ち、ちょっと！

明かり落ちる。
別空間に片桐と谷川が現れる。

片桐　谷川さん、これからどうします？
谷川　じっとして嵐が過ぎるのを待つしかないと思います。
片桐　そうですねえ……。

と、頭に包帯を巻いた鈴木がスケッチブックを持って登場。

鈴木　今晩もまた、こけ泊まるごとなるっちゃろかね。
片桐　鈴木さん。なんですか、それは？
鈴木　あ、おいは絵ば描くこつが仕事やけん。
片桐　仕事？

鈴木　あ、いや、絵ば描くとの大好きやけん。この世には、絵ば描くとに便利かもんがやっちゃあって幸せばい。
谷川　鈴木課長、絵なんか描いてました？
鈴木　いや、なんちゅうか、心境の変化たい。ささっと素描すっだけでん幸せな気持ちになるとよ。本当は色ばつけたかとばってんね。
片桐　ちょっと見せてもらっていいですか？
鈴木　（嬉しそうに）いやいや、たいしたもんじゃなかけん。
谷川　森崎さんはどうしてます？
鈴木　せば。（と、スケッチブックを渡す）
片桐　（それを受け取って）ＡＩ天草四郎をなんとか改良してみるって。
谷川　改良？
片桐　やるだけやってみるって。（スケッチブックを見て）うまいじゃないですか。
鈴木　照るるばい。
谷川　ちょっと様子を見てきます。（と、行こうとする）
片桐　あ、すごく集中して仕事したいから、しばらく仕事部屋に誰も来ないでくれって。
谷川　誰も？　森崎さん一人ですか？
片桐　秋庭君と。
谷川　二人で？（行こうとする）

鈴木　（止めて）だめです。大事か仕事の最中ですたい。
谷川　ちょっと覗くだけ。
鈴木　うんにゃ。そいが四郎様のご命令です。
谷川　……。
鈴木　あの、四郎様の仕事ばしよらす間、谷川さんの姿ば描いてもよかでしょうか？
谷川　えっ？
鈴木　谷川さんのこと、やっちゃ描きたかとです。わいはばり美しか。
谷川　そんな気分になれません。
鈴木　お願いするとです。
谷川　……。

暗転。

26

ロープで体を縛られ、椅子にロープで固定された来栖が見えてくる。
それを見つめる秋庭と森崎。

来栖　何⁉　何の冗談⁉　やめろよ！　いい加減にしろよ！　いじめなんかなかったんだから！
森崎　……さあ、秋庭さん。ナイフでこの男の体を刺すんです。

森崎の手には何もない。

来栖　（戸惑って）ちょっと！
森崎　このナイフは、あなたの思いが集まった祈りのナイフです。見えますか？　私にははっきりと見えます。あなたの長年の悲しみや怒りや絶望や憎しみが凝縮したナイフです。さあ、刺すのです。

森崎、見えないナイフを秋庭に渡すアクション。

来栖　なんの真似だよ！
森崎　そのナイフで刺して、あなたは生まれ変わるのです。
秋庭　四郎様。私はこのナイフを使います。

秋庭、ポケットから本物のナイフを取り出す。

来栖　ちょっと！
森崎　秋庭さん！　ダメです。それはダメです！
秋庭　私の思いが固まって、こんな形になりました。私がこの世界から消える時、このナイフを使います。でも、その前に、
森崎　秋庭さん！
秋庭　四郎様。こんな機会をくれて本当にありがとうございました。
来栖　冗談はやめろ！　いじめがあったとしても、32人なんだろ！　なんで俺だけなんだよ！

森崎、来栖の前に立つ。

森崎　秋庭さん。ダメです。

秋庭　四郎様。どいて下さい。これが私が一番、したいことです。
森崎　嘘です！
秋庭　えっ？
森崎　嘘です。あなたが本当にしたいことは、殺すことでも消えることでもなくて、
秋庭　私は弱いんです。弱くてダメな人間なんです。私なんか生きてててもしょうがないんです。
来栖　だったら、一人で死ねよ！　俺を巻き込むなよ！
秋庭　さあ、どいて下さい。
森崎　ダメです！
秋庭　どいて！

ドアが叩かれる。

片桐（声）　森崎君。ちょっといいかな？
秋庭　四郎様、どいて下さい！

ノブがガチャガチャ回されて、

片桐（声）　森崎君、開けてくれるか。

来栖　（小声で）どうぞー。
秋庭　どいて下さい！
森崎　ダメです！
　　秋庭、回り込んで刺そうとする。
来栖　やめろ！　やめるんだ！
秋庭　どいて！
森崎　秋庭さん、ダメです！
来栖　（悲鳴）
　　突然、ドアが蹴破られる音。
　　片桐、谷川、鈴木が入ってくる。
片桐　（来栖を見て）えっ⁉
谷川　（来栖を見て）どうして⁉
　　と、鈴木の後ろから目出し帽で顔を隠し、ナイフを持った襲撃男１・２襲撃女１・２の４人が入ってくる。
その姿は、以前、会社を破壊した新興宗教の人達と同じ。
つまりは、片桐達は脅されて入って来たのだ。

森崎　なんですか、あなた達は⁉
男1　静かにしろ！
男2　（来栖を見て）なんだ、お前は？
来栖　お前こそなんだ！　というか、この状況はなんだ⁉
男2　黙ってろ！
来栖　助けてくれ。殺されるんだ。このロープをほどいてくれ。
男1　我々はＡＩ天草四郎を認めるわけにはいかない。人間は神を創ってはいけない。
女1　それは神に対する冒瀆である。
来栖　俺の話、聞いてる？

彼ら・彼女らは秋庭の持っているナイフを奪い、順番に結束バンドで全員の両手首を手際よく拘束していく。

片桐　だから、ＡＩ天草四郎はそんなすごいもんじゃないんだよ。

谷川　説明させて。絶対に危険なものじゃないから！
男２　うるさい！　お前達は我々の警告を無視して開発を続けた。
女２　もう許されない。

森崎、動こうとする。

男１　動くな。我々は神の御心のためには、何でもする。
森崎　神？　それはどんな神なのです？
男２　死にたくなければじっとしていろ。
来栖　俺を解放してから、もめないか？
鈴木　わいたち、やめんか！
片桐　分かった！　もう、とっとと壊せ！
秋庭　片桐さん。
片桐　とっとと壊して、とっとと出て行ってくれ！
男１　もちろんそのつもりでここに来た。
片桐　新しいパソコンはまだ十分データが入ってないから壊してもムダだぞ。お前たちのせいで
　　　４台も買い直したんだぞ。
男１　クラウドにあるＡＩサーバーのアカウントを教えろ。

片桐達　えっ。
男１　クラウドのＩＤとパスワードだ。教えろ。
片桐　何言ってるんだよ。そんなのないよ。

男1、片桐を殴り倒す。

谷川達　(反応や悲鳴)
森崎　何をするんです！

森崎、男1に近づき、ナイフを突きつける。
他の男2女1・2もそれぞれにナイフを示す。

男１　前回は警告だった。だから、パソコンを壊した。今回は違う。
男２　ＩＤとパスワードを教えろ。

男1、片桐にナイフを突きつける。

男１　教えろ！

片桐　……。
男2　（森崎にナイフを突きつけて）教えろ！
森崎　……。
片桐　ＡＩ天草四郎は私の命なんだ。死んでも言うか！
森崎　あなた方の神は間違っています。

男1、2、谷川と秋庭を見る。
森崎と片桐、ハッと身構える。

男1　（谷川と秋庭に）安心していい。我々はお前たちと違って女性を傷つけたりしない。
森崎　なんですって？
女1　お前のせいで、女子高生が一人、死んだんだろう。
男2　私達は思い上がった者しか罰しない。
来栖　俺は思い上がってないぞ！　ものすごく謙虚だぞ！
男1　このプロジェクトの責任者に聞くよ。痛い思いをするのは、こいつだ。

男1と男2、鈴木の前に立つ。

鈴木　おいは知らん！　何も知らん！

男１　あんたが広告代理店なのは調べがついてるんだ。

男２　殺しはしないよ。

男１　ただ、話すまでに、何本の指がなくなるかな。

鈴木　指!?

男２　神を冒瀆した罰だ。言わないと、指が一本ずつなくなるぞ。まずは右手からだ。

鈴木　冗談はやめれ。

男１　こんな時に冗談は言わない。

鈴木　やめんか！

男１　隣の部屋でゆっくり聞くよ。女性に残酷な風景は見せたくないんでね。

男２　さあ。

男２、鈴木を隣の部屋にナイフで導こうとする。

鈴木　おいは絶対に言わん！

鈴木、動かないので男２、鈴木の腕を少し刺す。

男２　おい。
鈴木　いたたたたっ！
森崎　やめなさい！　拷問するのなら、私をやりなさい！
鈴木　やめんか！　おいは言わん！　死んでん言わん！

男２、鈴木を隣の部屋に導く。

男１　（森崎に）はやく知りたいんだよ。お前だと長引きそうじゃないか。
片桐　やめるんだ！　ＡＩ天草四郎は、本当にお前たちが考えているようなもんじゃないんだ！
谷川　そうよ！
男１　今は違っても、お前たちは汎用人工知能の研究をどこまでも続けるだろう。
鈴木（声）　やめれー！
谷川　鈴木課長！
鈴木（声）　指はやめてくれんね！　絵の描けんごとなる！
秋庭　やめて！
鈴木（声）　（悲鳴）
森崎　分かりました。ＡＩサーバーのアカウントを言うから、もう何もしないで下さい。
男１　バックアップのアカウントもだ。

片桐達　！

森崎　……分かりました。

片桐　森崎！　ダメだ！　この2年近くの努力がすべてムダになるんだぞ！　ＡＩ天草四郎が消えるんだぞ！

森崎　私は苦しむ人を見捨てるわけにはいきません。

片桐　ダメだ！　絶対にダメだ！

谷川　片桐さん！

秋庭　社長！

男2が戻ってくる。

男1　どうした？

男2　あの男が吐きました。

片桐達　はやっ。

男1　バックアップのアカウントも吐いたか？

男2　バックアップ？　いえ。

男1　そのアカウントも聞き出せ。そのまま削除だ。

男2　分かりました。

男2、去る。

片桐　頼む。削除しないでくれ。それは我々の生きた証なんだ。会社の存在意義なんだ。未来なんだ。希望なんだ。俺の人生そのものなんだ！

男1　人間は神になろうとしてはいけないんだ。

片桐　ふざけるな！

片桐、思わず男1に突進する。
男1、片桐にナイフを向ける。

森崎　やめろ！

森崎、男1に体当たりする。
男1、吹っ飛び、ナイフを放す。

女1　動くな！

女2　動くとこの女が死ぬよ！

と、潜んでいた西村、さっと飛び出し、男1のナイフを拾う。

西村　（ナイフをかざして）動かないで！　動くと誰かが死ぬよ！
片桐　誰かって誰だ？
西村　誰がいい？
谷川　なに、その質問!?
女1　ナイフを捨てないとこの女が死ぬよ！

西村、来栖にナイフを突きつける。

西村　動くとこの男が死ぬよ！
来栖　おい！

西村、ナイフで椅子に縛りつけられていた来栖のロープをさっと切る。

西村　この男が死ぬよ！
来栖　死ぬぞ！

西村、来栖にナイフを突きつけながら連れ出そうとする。
部屋を出る直前、

西村　(片桐に) ちょっと、そこの人。
片桐　?　(僕?)
西村　(ナイフを手渡す) あとはよろしく。ふぁいと!

来栖と西村、去る。
ナイフを持った片桐、男1、女1、2と対峙する。
と、隣の部屋から男2、現れる。

男2　えっ!?　これは!?
男1　どうだ?
男2　バックアップの削除も終わりました。
片桐達　えっ!?
男1　よし。二度と神を創ろうとは思わないように。いくぞ!

女1、2は谷川と秋庭、そして片桐を突き飛ばし、その間に襲撃者達、全員、素早く去る。

片桐　ちょっと待て！……そんな、そんな。
全員　……。

と、隣の部屋から鈴木が現れる。

鈴木　……。
片桐　鈴木さん、あんた！

鈴木、森崎の足元にひれ伏す。

鈴木　四郎様。許して下さい。許して下さい。おいは弱か。おいはあなたさまんごと強うはれません。おいは、
森崎　右衛門作。
全員　!?
森崎　右衛門作。いいんです。いいんですよ。
谷川　右衛門作……。

鈴木　おいは弱虫です。どがんしても強うはなれんとです。おいは弱うて弱うてどがんしようもなか男です。そいでも、生きていたかとです。死ぬとが怖かとです。おいはただ好いとぅ絵ば描いて静かに暮らしたかったとです。ばってん、弱虫のおいは、弱虫のおいは、

森崎　右衛門作。もういいのです。

鈴木　おいは恥ずかしか。自分の弱さが恥ずかしか……。おいはどがんしたら、おいは……

泣き崩れる右衛門作。
と、秋庭が近づく。
うつ伏せになって泣いている鈴木の背中が震えている。
秋庭は、泣いている鈴木の背中を優しく抱きしめる。
目を閉じ、震える背中に頬をつけて、鈴木を抱きしめている秋庭。
静かな時間が流れる。
と、鈴木、顔を上げる。

鈴木　（きょとんとした顔）ここは……（周りを見て）どうしたんだ!?　え!?（結束バンドを見て）これはなんだ!?　みんなもどうした!?　ん？　これは涙か？　どうして俺は泣いているんだ？

全員　!?

森崎　右衛門作。右衛門作！
鈴木　右衛門作？　何を言ってるんだ？　何があったんだ⁉
片桐　それはこっちが聞きたいよ！（ナイフで谷川の結束バンドを切り）谷川さん、切って！

と、谷川にナイフを渡し、手首を突き出す。
谷川、片桐の結束バンドを切る。

片桐　隣の部屋、見てくる！

片桐、去る。
谷川は続いて、鈴木、秋庭、森崎の結束バンドを切る。

鈴木　（切られながら）谷川、いったい何があったんだ？　これはなんだ？　ＡＩ天草四郎はどうなったんだ？
谷川　なにから説明したらいいのか。
秋庭　社長を見てきます。

秋庭、隣の部屋に行く。

鈴木　とにかく社に戻るぞ。大切な連絡があったような気がする。

鈴木、部屋を出ようとする。

谷川　すぐに追いかけます。先に行って下さい。

鈴木　分かった。急げよ！

鈴木、去る。

谷川　（森崎に）山田右衛門作だったんですね。

森崎　はい。右衛門作はいってしまった。

谷川　じゃあ、天草四郎も行かないと。

森崎　えっ？

谷川　もう総て終わったの。天草四郎に苦しめられることはないの。

森崎　終わった……。

谷川　終わったの。天草四郎は全部、終わったの。

森崎　終わった……（頭が痛くなる）

谷川　もう天草四郎はおしまい。そして、私達もおしまい。

森崎　えっ？

谷川　思い出して。賢介が事故にあった夜、私達は私のマンションで話した。

森崎　マンション……。

谷川　あなたは私に別れようって言った。

森崎　えっ。

谷川　大学から4年間つきあって、別れようって言った。

森崎　どうして？

谷川　そう聞いた私にあなたは言った。「理由なんかないんだ。ただ、長くつきあったからさ。それだけ」私は聞いた。「他に好きな人ができたの？」あなたは「気になる人はいる」と言った。それだけであたしの心は千切れて悲鳴を上げた。あなたは「でも、それは関係ない」と言った。私は「そう」と溢れ出る痛みを押し殺して返した。あなたは続けた。「もう、今日で終りにしたいんだ。でも、仕事はちゃんと続けられるよね。詩織、強いから」あなたのその一言で、私、切れた。あなたをののしり、叫び、わめいた。思いつく限りの汚い言葉をあなたに投げつけた。自分が言うとは思わなかったひどい言葉をしゃべり続けた。あなたは、ものすごく悲しい目をしてこう言った。

森崎　うん。全部、僕が悪い。でも、もう終りにしたいんだ。

谷川　！……思い出した？

森崎　！……そして、僕は詩織のマンションを出て、

谷川　交通事故にあった。

森崎　（記憶が蘇ってくる）僕は……僕は……

谷川　賢介は、私に別れを告げて、私のマンションを飛び出した。私がののしったから。私が言ってはいけない言葉をたくさん言ったから。才能がないんだから、ＡＩ天草四郎なんて絶対に完成しないって私は言った。天草四郎のことなんかあなたに分かるはずがないって私は言った。賢介は混乱して、赤信号を無視して道から飛び出した。あたしが追い詰めたから。

森崎　違う。僕は走ったんだ。急いで君のマンションに戻ろうとして。だから、信号を無視したんだ。

谷川　えっ。

森崎　僕は詩織のマンションに向かって走ったんだ。

谷川　……どうして？

森崎　歩きながら、涙が溢れて来たから。自分でも驚くほどの淋しさが全身を包んだから。

谷川　賢介……。

森崎　詩織に会いたくて会いたくて、僕は夜の街を走ったんだ。

見つめ合う二人。

暗転。
明かりつくと、道を歩く来栖と西村。

西村　さあ、来栖さん！　天草四郎はすっぱり捨てて、再現ドラマ、がんばりましょう！
来栖　馬鹿野郎。天草四郎のオーディション、受けるぞ。
西村　来栖さん。
来栖　お前の言ってたスパイで絵描き役のオーディションもあるだろう。
西村　えっ？
来栖　白澤明監督に絶対に気に入ってもらうぞ。
西村　はい！　まずは再現ドラマです。明日の役は、ロリコンの小学校教師です！
来栖　最高じゃねえか！

去っていく来栖と西村。
別空間に片桐と秋庭。

片桐　あいつら俺のパソコンからクラウドにアクセスしやがった！　ちくしょー！
秋庭　あの、社長。私、バックアップ取ってます。
片桐　えっ？

秋庭　自分で使おうと思って、ＡＩ天草四郎のデータ、全部取ってます。
片桐　さくらちゃん！

と、抱きしめようとする。

秋庭　（それを止めて）社長。私、もう誰ともエッチするつもりがないので、約束、忘れて下さい。
片桐　えっ？
秋庭　それと、私、社長を男としては見られませんから、ごめんなさい。
片桐　えっ？
秋庭　これからもトアッドハート社員としてがんばります。よろしくお願いします。
片桐　うん、うん。そうだね。うん、がんばろう。がんばろう。わはははははあーんあーん。
（笑いが泣きになる）

別空間に鈴木。
マスコミが群がる。

鈴木　なんだこのマスコミは!?　何？　天草四郎が問題発言？　話題になるなら少々の問題発言上等！　なに、ネットで大炎上！　聞いてないよ！　聞いてないよ！　谷川！（携帯をかける）すぐ来い！　谷川！

別空間に電話を受けている谷川と森崎。

谷川　分かりました。（電話を切って）鈴木課長、玄関を出たところでマスコミに囲まれたって。
　　　……放っとこうか。
森崎　行った方がいい。
谷川　でも、
森崎　あれから、二カ月以上たってるんだね。
谷川　そう。
森崎　今晩、詩織のマンションに行く。
谷川　えっ。
森崎　そこでゆっくり話して。何があったか。
谷川　分かった。
森崎　（強く）全部、話して。僕がしたことを。
谷川　……（曖昧に）うん。でも、遅くなるかもしれない。
森崎　先に行って、詩織を待ってる。
谷川　えっ？

森崎　詩織を待ってる。
谷川　じゃあ、待ってて。
森崎　うん、ツナとエノキの和風パスタ作って待ってる。

谷川、森崎を素早く抱きしめ、そして、走り去る。
見つめる森崎。
明かりがゆっくりと落ちていく。

完

あとがき　または上演の手引き

『サバイバーズ・ギルト&シェイム』に関して——。

水島義人役の伊礼彼方が抜群に歌が上手かったので、今回は歌が重要な作品になりました。俳優さんが決まってから、最終的に作品を仕上げますから、やはり、俳優の特性が影響します。けれど、ラストの『人にやさしく』はじつに力のある曲です。熱情さえあれば、少々下手でもなんとかなります。必死さが感動を生むでしょう。

冒頭の歌は、このままでも変更してもかまいません。楽しく、上手く聞こえるものにして下さい。

問題は、『生きてることが辛いなら』です。これはかなりの歌唱力が求められます。どうしても無理なら、もっと素朴な歌に変えることをお勧めします。上演する俳優仲間や演出家と一緒にカラオケに行って、選ぶのがいいと思います。

榎戸光典役の片桐仁さんが抜群に歌が下手だったので、水島義人が怒りの余り蘇生する説得力がありました。上手い人がわざと下手に歌うのはバレる可能性があります。その場合は、必死ゆえに音程を外すとか、焦って上手く歌えないとか、内的に納得できる感情で演じて下さい。

基本は６人ですが、これに３人を加えることは可能です。上演用のドラマとしては、その方が普通かもしれません。

町内会長は女性にしましたが、男性にすることも可能です。

演出では、最後、歩いていく水島明宏の後ろに出征幕（出征を祝う長方形の幕）を何本も垂らし、それに映像を映しました。

稽古場の近くの公園で、実際に撮影したものです。明宏の作った映画という設定で、この映像をバックに『人にやさしく』を歌いました。

それから、お金があれば、舞台の片隅にモニターを出して、実際に撮っている映像を映すのがいいと思います。今回の上演ではそうしました。

この作品は、ＤＶＤになって発売されていますので、詳しいことを知りたい人は、サードステージのホームページから通販でどうぞ。

特典映像として、本番中にカメラで撮り、リアルタイムにモニターに映した映像をつけています。

精神科医の宮地尚子さんの「環状島モデル」というトラウマに関する考え方があります。ドーナツ型の山に囲まれて、内海があり外海もある島を環状島と呼びます。山の斜面にぐるりと囲まれた内海に沈んでいるということは、死者や行方不明者はもちろん、生きていても激しく傷つき何も発言できない状態です。内海に沈まず、ドーナツ状の内斜面に立つことは、トラウマに苦しめられながら、サバイバーとして声が出せる状態です。

内斜面は内側に傾いていますから、さまざまな理由で滑り落ちることがあります。いじめに苦しめられていた人が大人になって、いじめのドラマを見て苦しみを思い出したり（宮地さんはこれを「重力」と呼びます）、トラウマに苦しめられることで対人関係が悪化したり（これを「風」とします）、いじめに対する社会の対応や理解の変化（これを「水位」）の三つの要因が内斜面に立っている時に影響します。

重力に引きずられたり、強風が吹いたり、世間の無理解によって水位が上がったりすると、内海に沈みます。そうすると、具体的に死ぬこともあるし、声が出せなくなります。

外海側の外斜面には、苦しんでいる人達になんとか手を差し伸べようとする、自衛隊や医者などの専門家やボランティアの人達が立っています。

各人の関心や熱意によって、外海に近い（つまり、低い）斜面にいるか、山の尾根の（高い）斜面にいるかが分かれます。

そして、外斜面にいる人にも重力や風や水位が影響します。

外斜面をずり落ちると、外海という無関心に沈みます。

この「環状島モデル」が優れているのは、「私なんかより傷ついた人がいるから」と、発言を控えることはあまり意味がないと教えてくれることです。

本当に深く傷ついた人は、内海に沈んでいて発言できないのです。発言できるのは、必死で内斜面に立っている人です。あの人が黙っているのに、私が語るのは申し訳ないと思うことは、心情は理解できますが、適切ではないのです。

また、専門家やボランティアの人が、外斜面を尾根に向かって歩く途中で、対人関係の「風」や「共感疲労」「燃え尽き」の重力によって、外斜面を滑り落ち、無関心になってしまうことも説明できるのです。また、世間の無理解の結果、外海の水位が上がり、無関心の海に沈むことも理解できるのです。

「サバイバーズ・ギルト」とは、まさに、この内斜面に立つ苦しみと言えます。

そして、「サバイバーズ・ギルト」に苦しむ人に手をさしのべることは、外斜面に立つことなのです。

どちらの斜面に立つにしても、それはいつでも起こりうるし、一生、無関係なままの人はいないだろうと思います。

演劇は、内斜面と外斜面の角度を変えることも、内斜面と外斜面に立つ人を引きずり下ろそうとする重力や風を弱めることもできないと思っています。

ただ、一時的にでも、斜面の急さや重力と風の強さを忘れる時間を作ることはできるのではないかと思います。

重力をなくし、風を弱めることはできなくても、重力と風に苦しむ痛みを、少しは忘れる隙間を作ることができる。

それだけでも、演劇を作る意味はあると思います。

僕はこの作品を「爆笑悲劇」と名付けました。

それと、「環状島モデル」で考えると、じつは、無関心という水位を下げることもできることに気付きました。テレビや映画で、例えば「いじめ」を扱っているドラマがが大ヒットして、「いじめ」に対する正しい理解が進めば、外海の水位を下げることが可能になるのです。

まあ、演劇はＴＶや映画に比べるとマイナーですから、そこまでの影響はなかなか難しいですが、可能性はあると思います。

この作品は、いつもの執筆時間の半分で書き上げました。自分自身、いろいろとさらなる可能性を感じます。必ず、また上演したい作品です。

『もうひとつの地球の歩き方』は、登場人物の所で書いたように、最大30人ぐらいまでの上演は可能だと思います。

農民の数を増やして、より立体的に「天草四郎農民物語」を作れば、楽しいと思います。

もちろん、西村雅美と来栖隼人の語りを遅くしてはいけませんが、二人の会話の中にポンポンと登場すれば、面白くなるでしょう。

教育現場の人達も天草四郎に助けを求める人達も中学生も、10人ぐらい登場するとより刺激的になることは間違いないです。

実際の上演では、教育現場の声はたくさんのシルエットを映し、助けを求める人達はワンポイントの早変わりで演じました。

劇中、天草四郎に関して言われていることはすべて本当です。実際に目撃情報はただの一度だけで、それも伝聞がまじって曖昧ですし、原城に籠城した三カ月の間、一度も姿を見せませんでした。

僕自身、初めから、天草四郎がこんなにミステリアスな人物と知っていて取り上げたわけではありません。

先端のＡＩが描くのは、逆に歴史上の人物ぐらい昔の方が面白いだろう。人選としては、劇中で西村が語っているように、インバウンド向けにキリスト教徒の日本人の方がいいだろう、という単純な理由でした。

それが、こんなに謎の人物だと分かったのです。

聖人に列せられてないのも、もちろん本当です。

山田右衛門作は実在の人物で、原城からたった一人生き延びたのも本当です。幕府軍の取調べを受けて、島原の乱に関する詳しい記録を残しました。ただし、一人で江戸に連行されてから、死ぬまでの消息はよく分かっていません。

ネットで検索すると、山田右衛門作が描いたとされる旗が見れます。天草四郎に続いて、とても想像力を刺激する人物だと感じます。一人生き延びて何を思っていたのだろうか。天草四郎のどんな秘密を知っていたのだろうか。死ぬ時に何を思ったのだろうか。想像はどこまでも膨らみます。

２０４５年に本当にシンギュラリティを迎えるのか。技術的特異点が生まれるのか。どうも、僕自身はあと30年近く生き延びて確認するのは難しいようです。でも、想像するだけでわくわくします。

１９８５年、僕は『朝日のような夕日をつれて'85』という作品で、ネットワーク上に作られるバーチャルな都市をバーチャルリアリティーのゴーグルをつけて生きるゲームを登場させました。今から30年以上前です。すぐに理解してくれた観客もいたし、最後まで戸惑った観客もいました。

気がつけば、ＶＲと呼ばれるバーチャルリアリティーのゲームは当り前になりました。アバターによって、架空の都市を生きるゲームもたくさん生まれました。

そして、コンピューターネットワークは、確実に私達の生活を変えました。

スマホという小型のコンピューターを持ったことで、人間関係もまた変わりました。人は自分の読みたい文章だけを読んで一生を終えられるようになりましたし、無理に人間と交わらなくても退屈に苦しめられることもなくなりました。

街を歩いている時や電車に乗っている時に、簡単にネットに書き込みができて、それによって、追い詰められ人が死ぬなんてことも起こるようになりました。私達は、じつに、手軽に人を追い詰め、切り刻めるようになったのです。

2045年のシンギュラリティに向けて、何が変わっていくのかと思うと、けれど、ワクワクする気持ちの方が強いと感じます。

いったい、未来に何が待っているのか。

演劇なんてものを35年以上続けられているのは、根本が楽天的だからだと自分のことを思っています。

だって、まだ台本がない時にチラシを作り、チケットを売るんですよ。台本が完成しなかったらどうするんだと、自分で自分に突っ込みを入れます。『サバイバーズ・ギルト&シェイム』も『もうひとつの地球の歩き方』もそうしてきました。

これはもう、正気の沙汰ではありません。

そもそも、二年先の劇場を予約するのです。生きているのか死んでいるのかさえ不確かで、キャスティングもしてないうちに、大きな劇場を一カ月も押さえるのです。

はっきり言って、狂ってるとしか言えません。でも、そんな生活をもう30年近くやっているのです。

楽天的なのか、そうでなければ壊れています。でも、まあ、そうやって生きています。

ですから、２０４５年を楽しみにしながら、これからも演劇を作り続けるだけだと僕は思っているのです。

鴻上尚史

◇上演記録
KOKAMI@network vol.15 サバイバーズ・ギルト&シェイム

【公演日時】
2016年11月11日～12月4日
紀伊國屋ホール

【キャスト】
山本涼介
南沢奈央
伊礼彼方
片桐仁
大高洋夫
長野里美

【スタッフ】
作・演出：鴻上尚史

美術：松井るみ
音楽：河野丈洋
照明：中川隆一
音響：原田耕児
振付：川崎悦子

衣裳：森川雅代
ヘアメイク：西川直子
映像：冨田中理
演出助手：小林七緒
舞台監督：中西輝彦

演出部：牧野剛千　松下城支　成田里奈　十河克史
　　　岸　佳太　内田純平　仲里　良　和合美幸
照明部：斉藤拓人　永井笑莉子　松山郁人
衣裳部：増田直子
ヘアメイク部：門永あかね
映像操作：神守陽介

アクション指導：小野真一
大道具製作：C-COM 舞台装置（伊藤清次）
小道具：高津映画装飾
ヘアメイク協力：vitamins・チャコット
美術助手：平山正太郎
衣裳助手：田中陽香
稽古場助手：佐藤慎哉
出演協力：森田ひかり　十河克史
演出部協力：鈴木真之介
稽古場：ダイジョースタジオ
運搬：マイド
アーティストマネジメント：研音　スウィートパワー　KANATA LTD.

トゥインクル・コーポレーション　融合事務所
イイジマルーム
宣伝美術：末吉亮（図工ファイブ）
宣伝写真：坂田智彦＋菊地洋治（TALBOT.）
宣伝印刷：北斗社（出牛光彦）

宣伝協力：る・ひまわり（金井智子・杉田亜樹）
ホームページ製作：overPlus Ltd.
舞台写真：田中亜紀
記録映像：ビスケ（吉田麻子）

提携：紀伊國屋書店
後援：ニッポン放送
運営協力：サンライズプロモーション東京　ワントゥワン東京
キャスティング：新江佳子（吉川事務所）
制作助手：武富佳菜　坂井加代子
制作部：高田雅士　倉田知加子　池田風見
企画・製作・主催：サードステージ

◇上演記録

もうひとつの地球の歩き方　～How to walk on another Earth.～

【公演日時】

〈東京公演〉　２０１８年1月19日（金）～1月28日（日）
座・高円寺1

〈大阪公演〉　２０１８年2月2日（金）～2月4日（日）
ABCホール

〈愛媛公演〉　２０１８年2月10日（土）～2月11日（日）
あかがねミュージアム　あかがね座
新居浜市市制施行80周年記念事業・株式会社ハートネットワーク創立30周年記念

〈東京凱旋公演〉　２０１８年2月15日（木）～2月18日（日）
東京芸術劇場　シアターウエスト

【キャスト】

秋元龍太朗
小沢道成　小野川晶　三上陽永　森田ひかり
池之上真菜　梅津瑞樹　溝畑　藍　金本大樹
橘　花梨　一色洋平

【スタッフ】

作・演出：鴻上尚史
美術：池田ともゆき

音楽：河野丈洋
照明：林　美保
音響：原田耕児
振付：齋藤志野
ヘアメイク：西川直子
衣裳：小泉美都
映像：冨田中理
舞台監督：中西輝彦／内田純平

照明操作：畠山　聖
音響操作：山本祥吾
演出部：上田光成／藤岡文吾　帯刀菜美（演出助手）
菊池祐児　土屋克紀　遠藤佐助　賀数夏子　那須康史　渡部優美

大道具製作：俳優座劇場
宣伝美術：末吉　亮（図工ファイブ）
宣伝写真：坂田智彦＋菊地洋治（TALBOT.）
パンフレット撮影：moco
パンフレットヘアメイク：小野寺里紗
舞台写真：田中亜紀
グッズデザイン：三永武明

協力：平田裕一郎　渡辺芳博／斉藤真希　中川明香　成田里奈
伊達紀行　大刀佑介　田原愛美　佐藤慎哉　満山久里子
エヴァーグリーン・エンタテイメント　グランドスラム　イトーカンパニー
Aプロジェクト　オフィス新音　SIM スタジオ　SELFIMAGE PRODUKTS

東宝舞台　なかにし広場
BEATNIK STUDIO　マイド　ライティング・デザインなかがわ　ラインヴァント

〈東京公演〉託児協力：子育て仲間ほっぺ　後援：杉並区　提携：ＮＰＯ法人劇場創造ネットワーク／座・高円寺
〈愛媛公演〉主催：あかがねミュージアム運営グループ　共催：新居浜市、株式会社ハートネットワーク

制作協力：サンライズプロモーション東京／キョードー大阪　当日運営：泉山枝里
制作：倉田知加子　池田風見　金城史子

企画・製作：サードステージ

鴻上尚史（こうかみしょうじ）

1958年愛媛県生まれ。
早稲田大学法学部卒業。在学中に劇団「第三舞台」を結成、以降、作・演出を手がける。1987年『朝日のような夕日をつれて'87』で紀伊國屋演劇賞、1992年『天使は瞳を閉じて』でゴールデン・アロー賞、1994年『スナフキンの手紙』で第39回岸田國士戯曲賞、2009年「虚構の劇団」旗揚げ三部作『グローブ・ジャングル』で読売文学賞戯曲賞を受賞する。2001年、劇団「第三舞台」は2011年に第三舞台封印解除＆解散公演『深呼吸する惑星』を上演。桐朋学園芸術短期大学特別招聘教授。現在は「KOKAMI@network」と「虚構の劇団」を中心に活動。また、演劇公演の他にも、映画監督、小説家、エッセイスト、脚本家としても幅広く活動。近著に、『朝日のような夕日をつれて［21世紀版］』『ベター・ハーフ』『イントレランスの祭／ホーボーズ・ソング』（以上、論創社）、『ロンドン・デイズ』（小学館文庫）、『青空に飛ぶ』（講談社）、『不死身の特攻兵 軍神はなぜ上官に反抗したか』（講談社現代新書）など。

◉上演に関するお問い合わせ

サードステージ
〒169-0075
東京都新宿区高田馬場3-1-5
サンパティオ高田馬場102
電話 03-5937-4252
http://www.thirdstage.com

◉劇中曲一覧

「生きてることが辛いなら」

作詞：御徒町凧／作曲：森山直太郎

JASRAC 出 1807976-801

「人にやさしく」

作詞・作曲：甲本ヒロト

JASRAC 出 1807976-801

サバイバーズ・ギルト＆シェイム／もうひとつの地球の歩き方

2018年 8 月15日　初版第 1 刷印刷
2018年 8 月25日　初版第 1 刷発行

著　者　鴻上尚史
発行者　森下紀夫
発行所　論 創 社
東京都千代田区神田神保町 2-23　北井ビル
電話 03（3264）5254　振替口座 00160-1-155266
装丁　図工ファイブ
組版　フレックスアート
印刷・製本　中央精版印刷
ISBN978-4-8460-1729-3